毟(むし)り合い

永瀬隼介

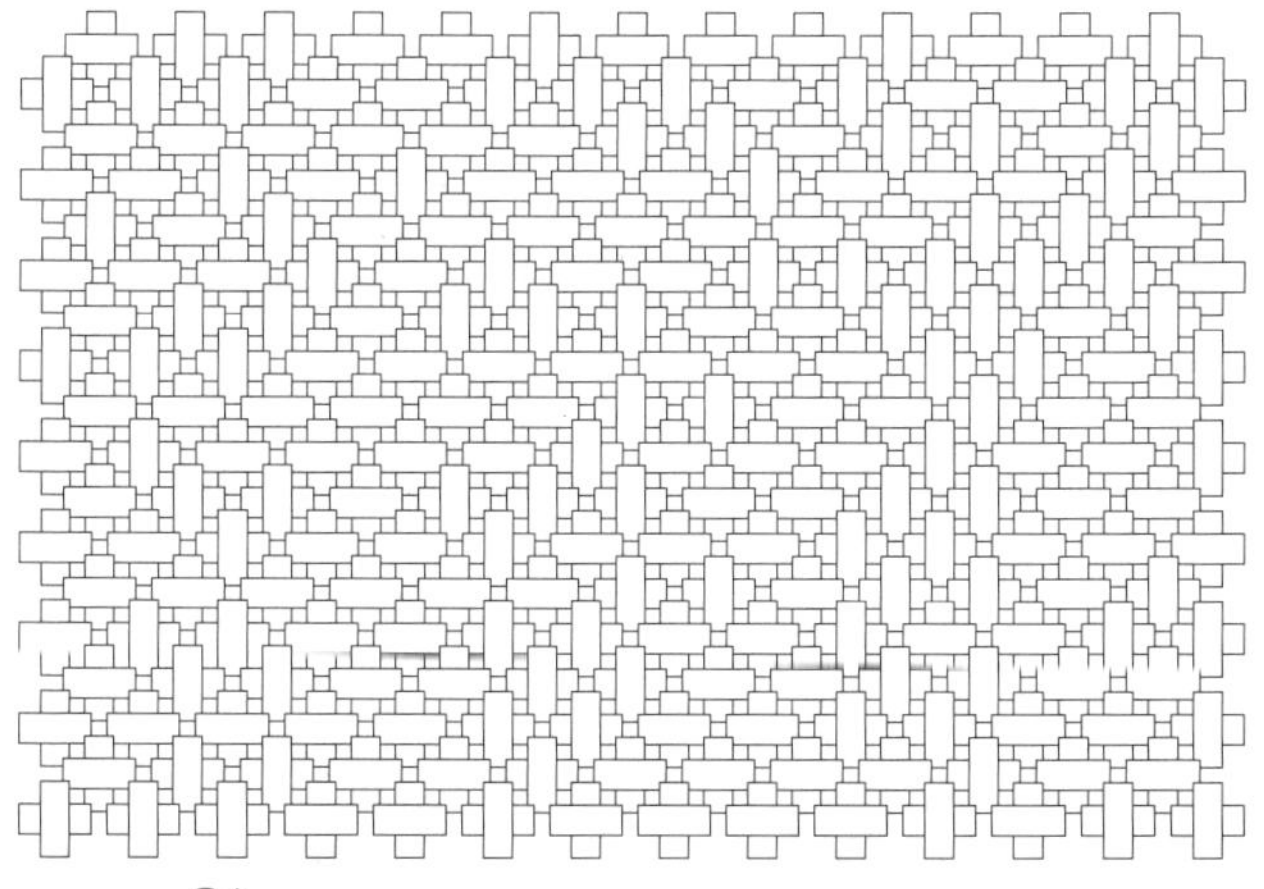

講談社+α文庫
プラスアルファ

目次

本作品は、雑誌『g2』2013年vol.14において発表された「立川六億円強奪事件「主犯」手記（小澤秀人）」に着想を得て、実際の事件を題材にしたフィクション小説作品であり、登場する人物、団体等は、実在のものとは一切、関係ありません。

JASRAC 出 1611331-601

序章

襲　撃

なんだ？　いま、物音がしたか？　眠りの底にあった意識がぐぐっと引き戻され、輪郭を結ぶ。寝袋に入ったまま耳を澄ます。息を殺し、オレンジの淡い常夜灯を見つめる。

微かな音をとらえる。シャー、と闇の奥から間断なく湧いてくる音。雨だ。天気予報は夜半から激しい雨になると報じていたが――。

眼球を動かし、目覚まし時計を確認する。午前三時過ぎ。ズッ、と床を擦る不気味な音がした。背筋がぞくりとする。間違いない。靴音だ。だれかいる。目を凝らす。暗闇の向こうで黒い人影が動く。真夜中の警備会社に侵入し、歩いているやつがいる。さあっと鳥肌が立った。心臓の鼓動が高く、速くなる。

二〇一一年、五月十二日、木曜日。東京都多摩地区の中核都市、立川市。ＪＲ立川駅から南に約五百メートル。閑静な住宅街のマンション一階にその警備会社営業所はあった。

車道を挟んで正面に都立立川高校のテニスコートがあり、昼間は生徒の歓声や声援で賑やかだが、太陽が沈むと途端に寂しくなる。まして真夜中ともなれば、普段は海の底のように静かだ。

大月警備保障立川営業所主任の高橋雅彦（三十六歳）は寝袋の中でそっと首を回し、人影を追った。ロッカールームを兼ねた暗い仮眠室で、黒い人影は浮遊霊のように動いた。迷うことなく高橋が仰臥する簡易ベッドに接近し、左側に立つ。

黒っぽい雨合羽のような服と、顔半分を覆う白いマスク。フードを目深にかぶったまま、じっと見下ろしてくる。だれだ？　口中が渇き、噛み締めた奥歯がギリッと軋む。

五秒、十秒。人影が動いた。前屈みになり、ぬっと顔を寄せてくる。すえた汗の臭い。右手にガムテープ。男は口を塞ごうとしている。瞬間、頭の芯で警報が轟いた。

高橋はりついた喉を引き剝がし、叫んだ。

「なにやってんだ、てめえっ」

男は動かない。返事もない。舐（な）めてんのか？　このコソドロが。よりによって警備会社に侵入しやがって。頭にぐんと血が上（のぼ）る。返り討ちにしてやる。

「この野郎っ」

寝袋に両足を入れたまま、胸の辺りを狙って蹴り飛ばす。プロレス技のドロップキックの要領だ。男は蹴りをもろに食らい、あっけなく後方へ吹っ飛んだ。スチール製のロッカーに激突し、そのまま倒れ込む。真夜中の警備会社に派手な金属質の音が響き渡る。

ガードマンの高橋は大柄だ。身長百八十センチ、体重八十キロ。格闘技の経験はないが、日頃から筋力トレーニングとランニングを欠かさず、半年に一回、警備の実践訓練も受けている。相手は一人だ。ふん捕まえてやる。腹の底で職業意識が燃えた。

高橋は簡易ベッドの上で素早く上半身を起こし、倒れた賊の反撃に備えた。が、それも一瞬だった。ロッカールームの入り口に別の人影が現れる。雨合羽に似た服と白いマスク。先の男と同じだ。右手には得物——包丁だ。倒れ込んだ男が跳ね起きる。シャキン、と鋼が鳴った。伸縮性の特殊警棒をぶら提げて迫る。万事休す。武器を携えた賊二人が接近してくる。こっちは素手。制圧は不可能だ。下手したら殺される。なにか身を守るものは——。辺りを見回す。視線が止まる。ほんの少しだが、希望が見えた。長机だ。

男を蹴飛ばした際、ロッカーに立てかけてあった長机が倒れ、床に転がっていた。この長机を楯に二人の攻撃を防ごうと決意した。

真夜中の営業所で絶望的な闘いが始まった。男二人は高橋がかまえた長机の上からのしかかり、猛烈な攻撃を仕掛けてきた。最初の男は包丁で左半身を突いてきた。もう一人が特殊警棒を振り下ろす。ガツン、ガツン、と殴打する音が頭蓋に響く。サクッ、サクッと肉を裂く湿った音もする。

二人の執拗な攻撃は高橋に確実にダメージを与え、体力をごっそり奪っていった。そのうち左腕と左足の感覚が失せてきた。力も入らない。どうしたんだろう。

高橋は長机で懸命に防御しながら、感覚の無い左腕に目をやった。生臭い鮮血に吐き気が込み上げた。酷い状態だ。左肘から掌にかけて皮膚がぱっくり裂けて血がじゃぶじゃぶ流れ、肉が抉れ、白い骨まで見えている。失血死は時間の問題だ。脳裡に浮かぶ顔がある。愛する妻と、幼い二人の子供。まだ死ぬわけにはいかない。こんなところでくたばってたまるか。

「わかった、もうわかったから」

全身の力を抜き、抵抗の意思がないことを示した。

男二人はとことん冷酷だった。半死半生のガードマンの両腕を後ろに回し、ガムテープでぐるぐる巻きにしてくる。骨が剝き出た左腕もおかまいなしだ。傷口にガムテープが食い込む。焼け火箸でこねられるような激痛が疾る。

高橋は脂汗を垂らしながら、いてえ、いてえよ、とうめいた。が、賊二人はガムテープを巻く手をゆるめない。口から目まで容赦なく塞いでいく。

「死にたくねえんだろ」

ドスの利いた低い声で男が迫る。目隠しをされた高橋は自分の命が凶暴な男たちの掌中にあると悟った。

「金庫室のカギを出せっ」

興奮した男たちの肉声に接し、高橋は身も凍る恐怖に貫かれた。質問に答えなければメッタ刺しにされて殺される。高橋は、びびるな、うろたえるな、と己を叱咤し、静かに語りかけた。

「カギはない。暗証番号だ。４６４９」

ばかやろうっ、怒号が爆発する。

「嘘つけ、死にたくねえんだろっ」「おらっ、殺すぞっ」「腹、刺すぞっ」「ふざけんなっ、生命とってやる」

激昂した男二人が凄む。ヨロシク、の語呂合わせから、ふざけた数字だ、嘘に決まっている、と勘違いしたらしい。少なくとも高橋はそう思った。後日、他に驚くべき理由があることを知るのだが、ともかく、失血と激痛で朦朧となりながらも、言葉を尽くして説明し、なんとか賊二人に4649が本物の暗証番号であることを納得させた。

営業所の面積は百七十平方メートルほど。その中央部を三十三平方メートル、ワンルームマンションほどの広さの金庫室が占め、残りのエリアに事務室、応接室、休憩ルーム、私物をしまう仮眠室兼用のロッカールーム。他に更衣室とベッドを設置した仮眠室（暴行現場とは別）があり、飲み物の自販機、業務で使用する台車も十台以上置かれ、かなり乱雑な状況だった。ところが、男たちは営業所のどこになにがあるかをすべて承知しているようだった。でなければピンポイントで単独宿直のガードマンを襲い、金庫室の暗証番号を聞き出すことなどできない。

どのくらい経ったのだろう。犯人たちが消えた血腥い営業所で、瀕死の高橋はなんとか身体を起こし、ガムテープを外してデスクの固定電話に取りついた。失神しそうな痛みに耐え、震える指で一一〇番した。裂けた左腕から血が滴となって垂れる。寒い。全身が震え、歯がカチカチ鳴った。意識が薄れていく。死ぬかも。呼吸が荒くなる。

どうしました、と大声が問う。高橋はか細い声を絞り出す。

「強盗に襲われました。こっちは警備会社なんですけど」

涙が溢れる。情けない。

「大月警備保障の立川営業所です」

嗚咽しながら告げる。

「わたし、宿直なんですが、二人組に刺されて、金庫室のカネを奪われてしまいました」

全身から力が抜けていく。金庫室の莫大な現金。右手に握った受話器が落下し、硬い音をたててデスクに転がる。

しっかりしてっ、と受話器から警察官が怒鳴る。

「いま、警察車輛が向かっているから」

高橋はデスクに突っ伏し、転がった受話器に向けて言う。

「わたし、警備員なのに――」

息を吸い、朦朧とした脳みそに酸素を送り込む。

「こんなことになって」

視界がぼやける。はあはあ、と炎天下の犬っころみたいに喘ぎ、しゃがれ声を絞る。

「ごめんなさい」

限界だった。意識がすーっと遠のき、高橋はデスクから崩れ落ちた。どおっと床に転がり、ピクリとも動かなかった。


真夜中に発生した強盗事件で所轄の立川警察署は大騒ぎとなり、激しい雨のなか、パトカーと覆面パト十台余りがサイレンの雄叫びも高らかに飛び出していった。

鑑識課員による現場検証は朝まで続けられ、午前八時には立川警察署の講堂に捜査本部を設置。警視庁通信部のスタッフがファックスとパソコンを持ち込み、所轄の若手警察官が手分けして長机とパイプ椅子を並べた。

立ち上げたばかりの〝帳場（捜査本部）〟に険しい顔の刑事たちが続々と集まる。立川署の刑事課と組織犯罪対策課を中心に、近隣所轄の応援部隊を併せて三十五人。本庁（警視庁）刑事部捜査一課から精鋭十五人も合流し、捜査員五十人が顔を揃える。

正面の長机に捜査本部長を務める立川警察署署長（階級・警視）と、実質的な捜査指揮官の本庁刑事部捜査一課管理官（階級・警視）。その両側に捜査現場を仕切る本庁捜査一課係長（階級・警部）と立川署刑事課長（階級・警部）。

凶悪な殺人事件なら本庁捜査一課長（階級・警視正）も臨席するが、傷害事件では捜査一課に十三人在籍する管理官の一人が〝本庁の代表〟として帳場を仕切ることになる。

捜査会議の冒頭、現場検証に立ち会った所轄刑事より強盗事件の概要報告が行なわれ、次いで、制服姿の立川署署長が「諸君の健闘を祈る」と月並みの訓示を垂れた後、現場指揮官の本庁捜査一課管理官が立ち上がった。

ヤクザと見紛（みまご）う強面（こわもて）の管理官は全員を睨（にら）みつけ、「強盗犯二人はとんでもねえワルどもだ、凶悪な強盗殺人犯と思ってとっつかまえろ、絶対に逃がすな、ぶちのめせっ」と猛烈な檄（げき）を飛ばした。刑事たちの顔が険しさを増し、帳場の空気がぴんと張り詰める。

実際、管理官の怒りももっともで、大量の失血で意識を半ば失った警備員の高橋雅彦は、救急車で災害医療センターのＩＣＵに運び込まれたものの、出血多量による危篤状態が続いており、現在、生死を賭けた大手術の真っ最中だった。

厳つい顔を真っ赤にした管理官が最後、きさまらあっ、気合を入れて――と締めの発破をかけようとしたとき、若手の捜査員が飛び込んできた。

「管理官、これを」

息を喘がせ、一枚のメモを差し出す。管理官はひったくるように受け取り、凝視する。目がみるみる血走り、ほおが痙攣する。ささくれた唇が震える。帳場の全員が、めった刺しにされた警備員の死亡報告か、と息を詰めたが、違った。

「ちょいと聞けっ」

管理官がダミ声を轟かす。

「すげえことになったぞ」

メモを掲げる。

「被害総額が判った」

捜査員全員の視線が集まる。管理官はメモを読み上げる。

「持ち去られた現金収納袋は約九十袋」

捜査本部がどよめく。きゅうじゅうだとぉ？　と押し殺した言葉が這う。管理官はさらにダミ声を張り上げる。

「被害総額は六億とんで四百万だあっ」

六億四百万。ひりついた静寂が帳場を覆う。どこかで、マジっすかあ、と素っ頓狂な声が上がる。それを合図に、すげえな、現ナマ六億だってよ、あんなちっぽけな営業所に六億かよ、と刑事たちが目を輝かせ、顔に朱を注ぎ、驚きの表情で言葉を交わす。みな興奮している。

「おまえら、現ナマ六億はなあ――」

管理官が全員を睥睨(へいげい)し、火に油を注ぐがごとく叫ぶ。

「日本犯罪史上、最高被害額だあっ」

仁王立ちになり、メモをぶんぶん振り回す。

「歴史に残る大犯罪だっ、日本中が注目してるぞっ」

うおっ、と野太い声が上がる。捜査本部が一気にヒートアップする。管理官は止(とど)めの言葉を投げ込む。

「きさまら、死ぬ気でホシをとっつかまえてこいやっ」

いきりたつ刑事連中を前に、現場を仕切る本庁捜査一課係長が事務的な口調で捜査の任務分担を行なう。外回りの刑事は二人ひと組で、所轄と本庁の組み合わせとなる。捜査は現場周辺の聞き込みから近隣不審人物の洗い出し、警備会社の内情および人間関係の精査、仕事上のトラブルの有無、防犯・監視カメラの分析、過去五年間の類似事件のリストアップまで、多岐にわたった。

午前八時半、捜査会議が終了。きりーつ、と立川署刑事課長が叫ぶ。全員、パイプ椅子をガタッと鳴らし、立ち上がる。五十足の靴がいっせいに床を叩く。硬い轟音（ごうおん）が帳場に響き渡る。両手を伸ばし、踵（かかと）を揃え、直立不動の姿勢をとる。

れいっ、と刑事課長の鋭い声で腰を三十度折り、弾かれたように顔を上げるや、どっと動く。日本犯罪史上最高被害額、という名の極上の餌を鼻先にぶら提げられ、飢えた猟犬と化した刑事たちが我先にと捜査に向かう。帳場に灼（や）けた風が舞い、キナ臭い埃（ほこり）がもうもうとたちこめる。

警備員の高橋は出血多量で死の瀬戸際まで追い込まれたが、五時間の大手術に耐え抜き、なんとか生還した。しかし、包丁で抉られ、骨まで露出した左腕の傷は重く、担当医からは「元の状態まで恢復（かいふく）することは極めて困難。機能障害が残る可能性も高い」と非情な宣告があった。二人の幼子を抱える妻は夫の生命が助かった喜びも束の間、泣き崩れた。

捜査初日の午後九時。刑事たちは帳場に驚くべき捜査結果を持ち帰った。先頭を切って報告に立ったのは敷鑑（しきかん）捜査担当の本庁捜査一課主任。七三分けの短髪に縁なしメガネの、一見すると銀行マンのような中年男である。

被害者側の人間関係、内部情報を探る敷鑑捜査は時に事件の意外な貌（かお）を見せてくれるが、今件はまさにその典型であり、主任がメモを片手に述べる報告に、帳場全体が度肝を抜かれた。

「えー、午後十時から翌朝六時までの夜間勤務は原則、宿直が一人です。午前二時以降、つまり強奪事件発生一時間前から宿直警備員の仮眠時間になります。ところがこの営業所、問題が多々ありまして」

メガネのブリッジを押し上げ、ここからが本番、とばかりに言葉に力を込める。

「驚くべきことに、不審人物の侵入を検知する赤外線防犯システムがあるにもかかわらず、野良猫や風による誤作動が多いとの理由で、普段から作動させておりませんでした」

捜査本部がどよめく。「警備会社の自覚がねえな」「自分のとこが警備できなくてどうする」「これじゃあブラックジョーク」と辛辣（しんらつ）な声が上がる。

「これは基本的な疑問なんだが」

正面の管理官が厳かに前置きして問う。

「なぜ、六億円もの現ナマがあの晩、あんなチンケな営業所にあったんだ？」

それはですねえ、とメモをめくりながら主任は答える。

「大月警備保障本体が郵便局株式会社東京支社との契約を結び、東京中央郵便局から各郵便局への現金配送を担当しておりまして」

立て板に水で説明する。

「今回、犯行の舞台となった立川営業所は多摩地区の各郵便局に現金を配送しております。そして、ここが重要なのですが」

指先でメモを弾く。

「毎月十五日前の月曜と水曜の夜は金庫室の保管現金が格段に多くなる——つまり、犯行当日の五月十二日未明は前日の十一日水曜日に東京中央郵便局から届いた巨額の現金が金庫に眠っていたのですね」

なるほど、と管理官は無精髭が浮いたあごをしごく。

「その夜をピンポイントで狙ったとなると、事前に情報が漏れていた可能性大だな」

捜査本部の空気が緊迫してくる。

「もうひとつ質問」

管理官は厳しい口調で問う。

「強盗犯二人の侵入経路だ。さすがに営業所入り口のドアは夜間、施錠されており、仮眠中の警備員に気づかれずに侵入することは不可能と聞いているが」

えー、そこんとこはですねえ、と主任の歯切れが悪くなる。管理官は畳みかける。

「真夜中、密室状態の営業所のどこから大の男二人が入り込んだんだ？　このヤマ最大の疑問だろ」

主任の眉間に苦しげな筋が刻まれる。

「それはこちらで」

パンチパーマの男が立ち上がる。立川警察署刑事課係長で、凶悪事件捜査のエースだ。よっしゃあ、と本庁に押され気味の所轄の面々がガッツポーズをつくる。

「ちょっと信じられないのですが」

係長は顔をしかめ、苦々しい口調で語る。

「土足の痕から、営業所北側のシャワー室兼トイレの腰高窓が侵入経路と思われます」

「カギをぶっ壊したのか」

管理官のもっともな問いに、いいえ、と首を振る。

「元々、カギが壊れていたのです」

じゃあ、と管理官が驚きの顔でさらに問う。

「事前に内部の人間がぶっ壊したのか」

いいえ、と所轄係長は再度首を振る。

「残念ながらそれも違います」

係長は懐から手帳を抜き出して開く。エヘン、と余裕たっぷりに咳払い(せきばらい)をくれて告げる。

「昨年の秋から壊れていたようです」

捜査員たちの表情が変わる。驚きと、それに倍する疑念。仮にも警備会社でそんな杜撰(ずさん)な事態があり得るのか？　が、所轄係長は自信満々に付言する。

「複数の人間から証言を得ております。間違いありません」

なら半年以上も放置か、と管理官が絶句する。方々で押し殺した声がする。「コメディかよ」「悪い冗談だろう」「防犯システムも含めて杜撰にもほどがある」「そんな警備会社が存在すること自体が信じられない」――。

　管理官、と銀行マンのような本庁主任が手を挙げる。

「大月警備保障のおかしな事件は今回ばかりじゃありません」

　侵入経路で所轄に後れをとった分のお返し、とばかりにメモを片手に報告する。

「過去にも二度ほど不可解な現金盗難事件に見舞われております。まず二〇〇三年十月、新宿区の同社駐車場に停めた現金輸送車から現金一億五千万円が盗まれ、いまに至るまで未解決」

　まじかよお、と驚きの声が漏れる。顔を見合わせ、信じられねえ、とうめく刑事たち。管理官は両腕を組み、鬼の形相だ。さらにもう一件、と本庁主任が恐るべき事実を告げる。

「二〇〇八年十二月には杉並区の郵便局で、同社警備員がATMより現金を回収中、現金輸送車から現金六千九百万円が消え、これも未解決です」

　お宮入りの二件で奪われた現金は計二億千九百万円。あまりに杜撰な警備体制と桁外れの被害額。度肝を抜かれた刑事たちはもう声も出ない。

　以上、と主任はメモを閉じ、管理官に目を据え、挑むように言う。

「二件ともその手際の良さから内部事情に詳しい人物の関与が疑われております。

今回の六億円強奪事件も過去二件の未解決事件となんらかの関与が疑われてもおかしくないかと」

うーん、と管理官はうなり、天を仰ぐ。

「正体不明の二人組が侵入して暗証番号を聞き出し、金庫室を開け、現金袋九十個を奪い、クルマで立ち去るまで、わずか十五分か」

太い首をかしげる。

「二件の未解決事件との関連はともかく——」

管理官は、これが結論、とばかりに言う。

「大月警備保障立川営業所の内部に、情報提供者がいることだけは間違いないな」

捜査初日の締めくくりに、管理官は情報提供者の炙(あぶ)り出しを指示した。営業所の社員は今回大ケガを負った警備員、高橋雅彦を含めて五人。契約社員が二十人。捜査本部は退職した元社員二十数人も含めて、徹底した事情聴取を進めることになった。

第一章
空中庭園の男

「どうかねえ」

コーヒーカップにミルクを注ぎながら目の前の先輩刑事は言う。

「きみんとこの主任、張り切って報告してたけどさあ」

スプーンでかき回す。

「おれは二つの未解決盗難事件とはまったく違う気がする」

捜査二日目。立川駅南口の繁華街。午後八時。聞き込みが一段落し、溜池昭は相棒のベテラン刑事、国枝文吾と打ち合わせを兼ねて喫茶店に入った。

溜池は三十三歳。憧れの警視庁捜査一課に配属されて二ヵ月弱。階級は警部補。

今回が初の帳場投入である。刑事になって五年。新宿署、渋谷署、と大規模署の刑事課で実績を積み、殺しから強盗まで、大概の凶悪事件は経験してきたが、日本犯罪史上に残るであろう、六億円強奪事件はさすがに肩に力が入ってしまう。本庁捜一配属後初の記念すべき帳場となれば尚更だ。

ところが相棒として組まされた所轄刑事が煮ても焼いても食えない、苔が生えたベテラン刑事ときた。

国枝文吾、ゴマ塩の角刈り頭に四角い顔、がっちりした短軀の五十三歳。階級は溜池のひとつ下の巡査部長。三十歳で刑事になって以後、多摩の所轄を転々としてきた、別名〝多摩の生き字引〟とか。たしかに多摩地区の裏社会には詳しいようで、行く先々に知り合いがいた。キャバクラ店長に暴力団関係者、風俗店の従業員、ゲームセンターを根城にするチンピラ――。

「だってほら、タメちゃん、犯行が荒っぽいよ」

思わず舌打ちをくれる。会って二日目なのに、もうタメちゃんかよ。馴れ馴れしいにもほどがある。こっちは二十も年下の後輩だけど、階級はひとつ上の警部補だし、なにより花の桜田門だ。客観的に見て、もう少し敬(うやま)ってもいいと思う。

溜池は露骨に顔をしかめ、反論する。

「でも、あまりに多いですよね」

国枝はコーヒーをひと口飲み、三件のヤマをひとくくりにはできないなあ、とあっさり否定する。

「過去の二件はささっと風のように盗んで、いまに至るまで未解決だ。六億円強奪事件は違う。荒っぽいバカどもが押し入り、頭に血ぃ上らせて警備員を包丁で刺しまくり、警棒で殴りまくってるんだ。高橋さんは死んでいてもおかしくなかった」

その通りだ。ガムテープでぐるぐる巻きにされ、放置された高橋さんが自力で一一〇番をしなければ間違いなく絶命していた。それなりの訓練を積んだ屈強な警備員だから助かったが、普通の人間なら大量の出血でショック死しているはず。犯人二人はとことん非情で冷酷な連中だ――あれ？　頭の隅にひっかかるものがあった。

「国枝さん、じゃあ」

顔を寄せ、声を潜めて問う。

「未解決に終わった二件と違うということは――」

ひと呼吸おいて続ける。

「もしかして本件は解決する、と？」

言ったあと、後悔した。あまりに後ろ向きすぎたか？　そもそも、当事者の捜査員がそんな弱気でどうする。海千山千のベテラン捜査員に、てめえは評論家か、と鼻であしらわれて当然。が、国枝の反応は意外なものだった。

「さすが本庁捜査一課」

目尻に筋を刻み、四角い顔をほころばせる。

「こんなもん、あっという間だよ」

マジか？　測ったように携帯電話が鳴る。おっとお、と国枝は表情を引き締め、懐から抜き出した携帯を耳に当てる。左手には伝票。タメちゃん、と伝票を差し出し、払っといて、とひと言。そのまま喫茶店を出て行く。溜池は慌てて支払いを済ませ、後を追った。

国枝はビルに囲まれた路地で話し込んでいた。その目は刻一刻と鋭くなり、最後、全員ふんづかまえてやろうぜ、と凄むように告げ、携帯を閉じた。全員？　実行犯二人以外の内通者か？

「タメちゃん、これ、やっぱ簡単だった」

国枝は周囲に警戒の目をやり、小声で言う。

「防犯カメラ担当班がホシ二人を突き止めちまったよ」

なんだと？　もう終わり？　安堵と落胆が同時に襲ってくる。若手刑事の複雑な胸中をよそに、国枝は事務的に告げる。その内容はこうだ。

事件現場および現場近くの防犯・監視カメラ数台の映像データから、犯行に使われたシルバーベンツと犯人二人の姿を確認。それを元に担当班が動いたところ、早々に多摩地区のコンビニと雑貨量販店の防犯カメラ映像がヒット。なんと二人は事件前、大胆にも顔をさらしたままマスクと粘着テープ、ポテトチップス、缶コーヒーを購入していたという。

「両名とも逮捕歴があったこともあり、さほど苦労せずに人定に成功したらしい。きみんとこの管理官も大喜びだ」

なんてバカな犯人なんだろう。六億円強奪、という強烈なインパクトのある超弩級の事件だけに、二人組の愚かさがより際立ってしまう。が、国枝の話にはまだ続きがあった。

「幹線道路に設置されたNシステムの情報解析により、犯行車輌のベンツの行方も突き止めてある」

「なら一件落着ってわけですね」

終わった。愚かにもほどがある。あとはバカな二人組を拘束して華々しく記者発表。管理官をはじめ、本庁のお偉方も万々歳だ。さあ、帰ろう。

「おい、捜一」

国枝の厳しい声が飛ぶ。ひとが変わったような険しい表情だ。四角い顔を近づけ、あんた、と囁く。

「おれの電話、聞いていただろ」

どうした？　言葉に怒気がある。

「仮にも本庁捜一だ。最後、おれがなんて言ったのか、憶えているよな」

三秒ほどの間をおき、合点がいった。

「全員ふんづかまえてやろうぜ、と」

そうだ、と国枝は大きくうなずく。

「なら、全員とはだれのことだ？」

昇進の口頭試験を受けているようだった。溜池は返す。

「内通者、ですよね。警備会社営業所の内部情報を流した」

「そいつも含めて、だ」

はあ？　どういうこと？　国枝は一転、穏やかな口調で言う。

「背後にでっかいグループが存在するんだよ。そいつらをまとめて一網打尽だ」

一網打尽――ならば。溜池は渇いた喉を絞った。

「犯人二人はしばらく泳がせておく、と」

「そういうこと」

不敵な笑みを浮かべる。

「署長も管理官も了承済みだ。お偉いさんたち、久しぶりに面白いヤマだ、と大いに張り切ってるってよ。なんといっても日本犯罪史上最高の被害額、六億円強奪事件だ」

国枝はあごをしごき、遠くに目をやる。

「警察庁長官も警視総監も大注目だわな」

日本警察最高首脳二人が――新米の捜一刑事にとっては雲の上の存在だ。身が引き締まる。

「タメちゃん、そう力むな」

国枝はグリーンボーイの胸の内を見透かしたように言う。

「おれたち兵隊は現場第一だ」

肩をぽんと叩く。

「もっと肩の力を抜きな。おれは〝多摩の生き字引〟だ。ハンパな田舎のワルの生態をじっくり教えてやるから」

　返事も待たず踵を返す。背中を向け、悠々とネオンの海へと消える。溜池は慌てて後を追う。

　後日、新米の本庁刑事は、なんとも不可思議なグループの実態を知ることになる。それは欲の皮のつっぱった連中の、迷走に次ぐ迷走の物語だった。

　時計の針を戻す。六億円強奪事件の半年前、二〇一〇年秋。前代未聞の物語はギリリと音をたてて回り始めている。


　最高だね——。

　小嶋秀之は呟いた。自慢の秘密基地。別名、空中庭園。朝七時。外部の光をシャットアウトした仄暗い空間。

　膝を抱え、ライトアップされた巨大な水槽を見つめる。悠然と泳ぐアロワナが艶やかに、黄金色に輝く。

　体長一メートル近い古代魚は貪欲だ。名前はスティーブ。アウトローのカリスマ、スティーブ・マックイーンから頂戴した。ガキの時分にテレビで観た『大脱走』と『ゲッタウェイ』『パピヨン』は人生のバイブルだ。

小嶋は、待ってろ、と囁きかけ、手元のボウルからそっと赤い金魚をすくい取る。

尾びれをつかみ、水槽の上で指をはなす。金魚がくねる。ぽちゃん、と水がはねるや、スティーブはすっと潜水艦のように接近し、逃げ惑う金魚をパクリと呑み込む。

ぴゅう、と小嶋は口笛を吹く。何事もなかったように優雅に泳ぐスティーブを眺め、湧き上がる笑みを噛み締める。非情で欲望に忠実で、まるでおれみたいだね。

空中に張り出した十二畳ほどのフローリングにスモークガラスのローテーブルとタン革のソファアセット。レインボーカラーのハンモック。大型液晶テレビとサラウンドシステム。ＢＧＭは刑務所帰りの偉大なラッパーだ。

小嶋は小型冷蔵庫から缶ビールを取り出し、いっきにあおる。冷たいビールが喉を下り、寝起きの頭を覚醒させる。いいねえ。

天井に巻き上げた縦二メートル、横三メートルのロールスクリーンを降ろせば、映画館と同じようにＤＶＤを鑑賞できる。今夜は『ダークナイト』でも観ようかな。バットマンとジョーカーの最終決戦。上等のブランデーなんかたしなんだりして。

肌がビリビリ震える。バズーカをぶっ放すような重低音のサウンドが響く。元ストリートギャングがラップのリズムに乗って叫ぶ。

――怒れ、勝て、このクソみてえな世の中をぶっとばせ――

判ってる。

俗世間と隔絶された空中庭園に一人。やあっ、と気合一発、ジャンプし、レインボーカラーのド派手なハンモックに収まる。もう四十一歳。だが、その辺りのくたびれた中年男とは違う。まるっきり違う。

天井の等身大の鏡からおれが見下ろす。ボクサーパンツ一枚の筋肉質の身体と、苦み走った強面。けど、趣味はスケボーとカヌー。壁にはLED照明でライトアップしたフィギュア用陳列棚。デビルマンとプレデター、ゴジラ、それに最近お気に入りの『ONE PIECE』のキャラクターが燦然と輝いている。まったく、おれはなんてクールなんだ。

反逆のカリスマラッパーが吠える、挑発する。

――勝負しろ、ビビるな、キングになってみろっ――

心地よい浮遊感が身を包む。小嶋は宙に浮かぶハンモックのなかで両手両足を伸ばし、脱力する。ああ、宇宙空間を漂うようだ。

ガシャン、と激しい音がした。シャッターを叩く音。我に返り、素早くボリュームを絞る。極上のラップが消え、甘い幻想が消える。二発、三発、とシャッターを叩く凶暴な音が薄暗い空間に響く。中腰になり、息を詰め、耳を澄ます。

ボス、とくぐもった声が聞こえる。小嶋は思わず舌打ちをくれる。ビビってしまった自分がイヤになる。

ハンモックから飛び降り、上半身にラルフローレンのオーデコロンをたっぷり擦り込む。今日の服は黒のシルクシャツにワインレッドのレザーパンツ。海老茶のジャケットを羽織り、飴色のハーフブーツで足元を固め、壁に立てかけた、これも等身大の鏡の前でクルリとターンして身だしなみをチェック。上等上等。最後、パンチパーマを両手で軽く撫で、グッチのセカンドバッグをつかんで、さあ出撃だ。

木造の階段を駆け下りる。空中庭園と一階は別世界だ。コンクリートの床にずらりと並ぶテレビに冷蔵庫、バイク、ママチャリ。全部、中古品だ。ああ、辛い現実が身に染みる。が、深く考えない。悩まない。それがおれの強みであり――弱点だ。判っている。クールな外見はともかく、世間的には立派な中年だ。そろそろ本気で人生を立て直さなくては。

埃っぽい中古品の間を縫い、シャッターをそっと、一メートルほど開ける。さあっと朝の光が射し込む。眩しさに目を瞬(しばた)く。

「どうもおっ」

ぬっと顔がのぞく。金髪に耳ピアス。望月翔(もちづきしょう)、二十六歳。ジャニーズ系の男前だが、いつもサンダル履きに白のジャージ、と服のセンスはゼロ。シンナーで溶けた歯を剝いて笑う。

「ボス、今日も一丁、がんばりましょうや」

ばかやろう、と小声で怒鳴り、頭をはたく。いてえ、と首をすくめる弟分に説教をかます。

「シャッター、叩くなって言ってんだろ。何度言えば判るんだ、ああん」

これで三度目だ。いいかげん、腹が立つ。しかも御丁寧に二発も三発も思いっきり叩きやがって。

「すんません、ぼすぅ」

しっ、と小嶋は指を唇に当て、腰を屈(かが)め、シャッターの下から周囲をうかがう。ブロック塀に囲まれた荷解きヤードにトラックが二台、隅っこに泥のついたトラクターと耕運機。ブロック塀の向こうはプロパンガスを扱う商店。その左奥には茶畑が広がり、防風林のなか、農家が点在する。

二〇一〇年秋。明るい青空の下、モオー、と牛がのんびり啼き、鶏が騒ぐ。草と土の匂いが鼻をつく。どーんと気持ちが落ち込む。どっから見てもド田舎の秋晴れの朝だ。

埼玉県入間市郊外。周りは畑と田んぼと雑木林。近くの駅は――JR八高線の箱根ヶ崎駅、か。南に五キロも離れた〝最寄り駅〟だ。日常の交通手段は一日数本の路線バスのみ。ちくしょう、まるっきり陸の孤島じゃねえか。

シャッターを潜り、外に出る。望月に、閉めとけ、と言い置き、ヤードの奥の共同便所に向かう。ちっぽけな洗面所で顔を洗い、歯を磨く。ラルフローレンのハンカチで顔を拭い、準備完了。望月がぽかんと見ている。

「ぼさっとすんな」

周囲に警戒の目を送りながら、小嶋はささっと小走りに駆ける。望月もサンダルを鳴らして尾いてくる。

竹林の陰にパープルのド派手なスカイライン。もちろんシャコタン。小嶋は助手席に乗り込むや、望月をせかして発進。ブオン、とエンジンがうなる。竹林に囲まれた暗い路地を縫い、刈り入れが終わった田んぼに出る。途端に視界が開ける。真っすぐに延びる道路と秋の高く澄んだ青空。

「ボス、ぜんぶロハなんでしょ」

望月が羨ましそうに言う。

「すっげえよなあ。いまどき、ないっすよ」

小嶋はむすっと押し黙り、タバコに火を点ける。

「倉庫に住んでるんでしょ」

傷口に塩を擦り込むように訊いてくる。小嶋は眼球を動かし、望月を観察する。無駄に端正な横顔がヘラヘラ笑っている。トロい望月で、ニックネームはトロモチ。頭も動作もトロいが、毎朝早起きして所沢からクルマで駆けつける、気のいい弟分だ。ゆるんだ唇がペラペラ動く。

「ダチの持ち物ですってね」

小嶋は田んぼの遥か彼方、秩父の山々を眺めて返す。

「まあな」

嘘だ。実際はプロパンガスを扱う商店、通称ガス屋からダチが月九万円で借りた倉庫で、本来はリサイクル業の商品保管庫兼店舗。しかし、儲けがまったく出ず、このところ休業状態。

そもそも、あんなド田舎でリサイクル業をおっぱじめること自体が間違っている。経営コンサルタントに相談したら百人が百人、即座にノーと言うだろう。が、小嶋のダチ連中は元極道か元暴走族のワル、それに田舎のヤンキーばかり。データも戦略も関係ない。気合とノリと根性がすべてだ。

小嶋はダチのリサイクル業を手伝いながら倉庫に住みつき、いまに至る。もちろんタダだ。居候だ。

「便所も使い放題ですね」

はあ？　望月は続ける。

「ほら、顔を洗って歯を磨いたじゃないっすか。あれもダチの持ち物なんでしょ。シャワー代わりに身体も洗ってるみてえだし」

かっと顔が熱くなる。屈辱に身も心も焦げそうだ。便所はガス屋の従業員用の、いわゆる共同便所で、倉庫居候の身では無断借用せざるを得ない。生来の潔癖症で、汗臭いのは我慢ならないから水道の水を夜遅くシャワー代わりに使うこともあるが、さすがに冬はきつい。ガタガタ震えて歯の根が合わなくなる。おかげで昨冬は三度、風邪をひいた。やっと春がきて、夏になり、いまは夜の水シャワーも気持ちよく使えて、快適、と満足してたのに、トロモチのおかげでシビアな現実にもろ直面だ。がっくん、と気落ちする。

それでも萎えそうな己を励まし、当たり前だろ、とかすれ声で答える。

「あの辺はぜーんぶ、ダチの所有だよ」

そうかあ、と納得顔だ。ほっとしたのも束の間、さらに追い込んでくる。

「しかし、いくらダチの持ち物でも、倉庫であんなことしていいんすかね」

いらっとした。空中庭園のことだ。一週間前、ちょいと見せてやったら目を丸くして驚いていたっけ。

タバコを喫い、文句あんのか、と低く凄む。望月は肩をすぼめ、いえ、と蚊の鳴くような声を出す。ビビっている。当たり前だ。ルームミラーで己の顔をチェックする。額から眉間に伸びた白い傷痕。五年前、まだ極道をやってた時分、敵対する組織の人間とケンカになり、サバイバルナイフでハスられた痕。全部で十四針縫った。脇腹も刺され、こっちは八針だ。まとめて二十二針の男の勲章だ。

スカイラインは田んぼの小道から国道に入り、西南の方向に走る。

「ボスはホント、器用ですよね」

望月が懲りずに喋り始める。こいつはシンナーで脳みそが少し溶けたのか、三分前のことを忘れてしまう。

「ささっとあんな豪華な部屋、つくっちまうんだもん」

二・五メートルの高さに角材で床を立ち上げ、板を敷き、ワイヤーで補強しただけだ。階段込みで半日もかからない。大家のガス屋が知ったら契約違反、と騒ぎ立て、取り壊しを要求するだろう。だが、月々の賃料が入れば満足なのか、一度たりとも訪ねてきたことはない。警察も同様だ。おそらく、テロリストが爆弾製造工場をこさえても判らないと思う。それくらい、この埼玉の田舎は住民も警察も底抜けに呑気（のんき）だ。

「大工で食っていけますよ」

ぶち、とこめかみで音がした。

「おれに大工をやれってのか」

いや、それはその、と望月が困った顔になる。すうっと怒りが萎（しぼ）む。現状を考えればこのトロい弟分の困惑も判る。小嶋はタバコを灰皿にねじこみ、朗らかに問う。

「シノギ、うまくいってんのか」

そりゃあもう、と無駄にハンサムな顔がほころぶ。

「やっぱおれ、パチンコの天才かも」

「ばかやろう」小嶋は鼻で笑う。

「たかが店グルのゴトじゃねえか。猿でも稼げる」

「まあ、そうですけど」

へへっ、ときまり悪げに金髪頭をかく。小嶋は新しいタバコに火を点ける。舌に苦いものが浮く。


望月には手持ちのシノギのひとつ、パチンコ・パチスロのゴトをやらせている。イカサマで大量の出玉を稼ぐ、いわゆるゴト行為もひと昔前は面白いように稼げた。パチンコ台に裏ロムを仕掛けたり、コイル状の特殊な器具を使ってレバーを引っ張ったり。体感器を使ったゴトでは一日七十万円稼いだこともある。ところが最近はホールのゴト対策が進んで稼げなくなり、店とグルの通称〝店グル〟が主流になった。つまり、ホールの従業員から高設定台（客が勝てる台）の情報を買い、打ち子を使って終日打たせて稼ぐ、新時代のゴトだ。最近はホールとの間に専門の手配師やブローカーがいることも多く、一台当たり一、二万円で取引されている。

この店グルの打ち子が望月だ。もっとも、首都圏の大ホールを自由に好き勝手に渡り歩く以前のゴト行為と違い、特定のホールでのシノギだから派手には稼げない。情報料と差し引きでいいとこ一日二、三万か。しかも打ち子はトロい望月だ。

信じられないことに損を出す日もある。望月にギャラを渡せばトータルでいくらも残らない。

　他にシノギは偽ブランド品の卸があるが、こっちは開店休業状態だ。

　はあ、とため息が出てしまう。

「なんかいいこと、ねえかな」

　殺風景な埼玉の国道をスカイラインは走る。左右にファミレスとゲームセンター、紳士服や靴の量販店、中古車販売店、それにカラフルな看板と灰色の電柱の放列。日本全国、どこにでもある田舎の無個性なロードサイドだ。

　ボス、と望月が呼びかける。珍しく真剣な表情だ。

「もう極道、やんないんですか」

　こめかみが軋む。

「極道のボス、カッコよかったです」

　小嶋はこわばった筋肉を励まして笑う。

「バカ言ってんじゃねえよ」

　声が妙に甲高くなってしまう。

「もう四十一だぞ。いまさら戻れるか」

望月は眉を八の字にして、そうっすね、と泣きそうになる。小嶋はタバコを噛み締め、逃げるように横を向く。ウィンドウ越しにチャリ通学の高校生の列が流れていく。秋の明るい陽射しを浴びて、なにがおかしいのか笑い転げる女の子たち。元気があり余った立ち漕ぎのワルガキども。脳裡に過ぎ去った日々が甦る。

小嶋は一九六九年、アポロ十一号が人類初の有人月面着陸を果たした二ヵ月後、東京都青梅市に生まれている。兄弟姉妹はない。小嶋が生まれてすぐ、両親は離婚し、母一人子一人で育った。中学卒業後、貧しい母子家庭ゆえ、建設会社で働きながら都立高校の定時制に通うも、ケンカが原因で四年時に自主退学。十九歳で建設会社も退職し、一念発起して都心に出た。

頼った先は実の父親。折も折、時代はバブル絶頂期で、父親は倒産整理などを生業とする、いわゆる〝事件屋〟として名の知られた裏稼業の人間だった。この父親の紹介で銀座の不動産会社に入社。地上げの帝王、と恐れられる超大物が経営する会社で、見習新人の小嶋もヤケクソ気味の度胸と暴力で派手に稼ぐことになる。

「おれもずっと極道をやっていたわけじゃない。若い時分は花の銀座でリーマンもやってたんだぞ」

「八王子の駅前銀座っすか」

ばかやろう、後頭部をはたく。小気味いい音が響く。

「花の東京に決まってんだろが。バブル時代はウハウハでよお」

タバコをくゆらしながら過去を追慕する。

「ボロアパートの貧乏人どもを追い出し、土地を転売すりゃあ十億、百億の現ナマが転がり込んでよ。不動産会社が社員に配る臨時ボーナスは現金払いだ。百万のズクを詰め込んだ封筒が縦に立ったもんな」

まじっすか、と望月が目を見張る。気分がいい。

「一回、五、六百万はあった」

すっげえ、とうなる。さらに気分がいい。

「しかもバブル全盛時は隔月で臨時ボーナスの大盤振る舞いだ。年収で五千万は下らなかったもんな」

もっともカネは酒と女、ギャンブル、クスリで右から左に消え、あぶく銭の意味を身に沁みて知ることになるのだが。

「五千万、かあ」

望月の顔から笑みが消える。

「でもおれ、バブル、知らねえから」

悔しそうに、かぶりを振る。

「ホント、夢みたいな話っすね」

そう、夢だった。バブルがパチンと弾け、不動産会社は左前に。カネの切れ目が縁の切れ目、とばかりにさっさと尻を割り、父親の秘書兼運転手として働いた。ところが頼りの父親も肝臓がんで急逝。二十三歳で故郷青梅市に戻り、生命保険会社やリフォーム会社の営業マンとして働いた。が、小嶋は根っからのアウトローである。銀座仕込みの不動産ブローカーとしてそこそこ稼ぎ、三十歳をすぎたころ、昭島市の地上げにからむ仕事で地元の暴力団組長と知り合い、意気投合。誘われるまま組員に。八王子や立川の繁華街を肩を怒らせて練り歩き、口の上手さと向こうっ気の強さで大いに名を売った。

そのころ、なついてきたのが不良少年の望月だ。メシをおごり、酒を飲ませてやった。子分にしてください、と張り切っていたが――。

ヘタを打った自分が悪いのだ。舎弟頭まで出世したが、三年と半年前、覚醒剤取締法違反で福生署に逮捕され、ジ・エンド。懲役を二年打たれ、極道は廃業。元々、しきたりや義理ごとが多く、上下関係も厳しい極道の世界はどうにも肌が合わず、加えて暴対法の強化でシノギも細るばかり。懲役を機に、これ幸いとばかりに足を洗った。残りの人生、自由に好き勝手に生きていくと決めた。

ところが一年半前に懲役を終え、出所してからは運にとことん見放され、いまは入間の倉庫に居候だ。自動車免許もとっくに失効しており、クルマもない。人生はままならない、と思い知った。

「わるいな」

シートを倒して足を組み、運転席のトロモチこと望月を眺める。

「おまえに運転手、させちまってよ」

そんなあ、と望月は慌てて手を振る。

「おれ、一生ついていくって約束したじゃないっすか」

言葉に力を込める。

「ボスをしょぼい路線バスに乗っけるわけにいきません。なんたって舎弟頭にまで出世したひとなんだから」

ははは、と目を細め、ちびたタバコを喫う。新宿とか赤坂の大手組織ならともかく、八王子の、吹けば飛ぶような弱小組織だ。とことん惨めになる。あーあ、どっか転がってねえかな。一発大逆転の大チャンス。

高い秋空の下、パープルのスカイラインは定規で引いたような一直線の国道をつっ走り、埼玉から東京へと向かった。

第二章
ミカン狩り

正午。東京都青梅市の郊外。古ぼけた二階建ての一軒家。

「小嶋くん、メシ食うべ」

相棒の巽雅也（たつみまさや）が軍手を脱ぎながら言う。小嶋はペンキを塗る手を休め、顔のタオルを外す。

今日の仕事は風呂場の改修。小嶋は同い年（おないどし）のダチの巽の誘いで便利屋を営んでいた。もう一ヵ月になる。いつまでも倉庫の居候ではラチが明かない、と巽の誘いに乗ったが、ロクな仕事がない。犬の散歩にスズメバチの巣の駆除、寺の大掃除、エアコン取り付け、雑木林の伐採、倉庫の片づけ、犬小屋作り――。仕事がしょぼいから大してカネにもならない。クルマのガソリン代等、経費をさっぴけばギャラは日給五千円程度。

便利屋の事務所は巽が借りた築五十年の木造モルタル平屋建て。通称〝青梅基地〟。サーフィンが趣味の巽は壁一面を白地にスカイブルーのゼブラ柄で統一し、天井にプロペラ扇風機を設置した、南国のリゾート風に仕上げている。BGMはボブ・マーリイとジミー・クリフ。女を連れ込んだときはボサノバ。

もっとも、内装が凝っているわりには、従業員は社長の巽と副社長の小嶋の二人きり。客はほとんどが知り合いばかり。つまり、この先の展望はゼロだ。

そろそろ辞め時かも、と思う。それは巽も同じだろう。内装や防水工事の技術は超プロ級ながら、サーフィンに凝ってしょっちゅうオーストラリアやハワイに行ってしまうから、就職しても長続きしない。結局、いくつもの建築会社、内装会社を渡り歩き、気がつけば不惑を過ぎてしまった。

独立すべく便利屋を立ち上げたが、なかなか軌道にのらず、いまは倉庫居候のダチ共々、沈没寸前、といったところか。それでも、巽は手に職があるからまだいい。腹をくくれば雇ってくれる会社はいくらでもある。でも、刑務所帰りの元極道はちがう。将来の展望がまったく見えない。真っ暗だ。

毎朝、望月にスカイラインで送ってもらい、南国リゾート風の〝青梅基地〟で作業着に着替え、鉄板入りの重い安全靴を履いて出勤。二人とも手先が器用だから大抵の仕事はこなせる。とくに巽はパソコンも玄人(くろうと)はだしで、その気になればイントラクターでも食っていけると思う。だが、とことん呑気だ。サーフィン灼(や)けの厳(いか)つい顔を悩ましげにゆがめる。

「今日はなんにすっかなあ。ノリ弁、シャケ弁、爆弾お握り、よりどりみどり。カネはねえけど腹は減る。こまったもんだよ、人生は」

ぶつぶつ言うと、さっさと歩く。二人、肩をすぼめて近くのコンビニに向かう。紙くずやカップが散乱する駐車場の隅でたむろする若い連中がいる。そり込みに鼻ピアス、金髪、二の腕に漢字のタトゥ。『夜露死九』『西多摩最強』『亜里沙♡命』。便所座りで盛んに痰(たん)や唾を吐きながら缶コーヒーを飲み、タバコを喫い、ギャハギャハ笑い転げている。まるで昔の自分を見るようだった。

「おれたち、もうちょい根性あったよ」

相棒の胸中を見透かしたように巽が言う。

「あんな根性なし連中と一緒にされてたまっかよ」

足を止め、睨みをくれる。ワルガキどもは作業服姿のおっさん二人に鋭いガンを飛ばしてきたが、すぐに正体を悟ったらしく、背を向け、こそこそと去っていく。ワルの世界は野良犬と同じだ。顔を突き合わせただけでどっちが格上か判る。また、それが判らないようでは生きていけない。

脳裡に浮かぶ光景がある。巽との出逢(であ)い、赤い血の記憶だ。あれは十八になってすぐ。気合満点で不良をやっている時分だ。

夜、先輩から「ケンカの支度をして来いっ」と電話で呼び出され、木刀片手に場末のスナックに飛び込んだ。すぐに大乱闘が始まり、向かってくる野郎の頭を木刀で西瓜(すいか)のようにかち割った。鮮血が飛び散り、辺りはあっという間に血の海に。が、そいつはふらつき、血達磨(ちだるま)になりながらもファイティングポーズを取り続けた。敵ながらあっぱれ、根性ある野郎だ、と感心した。それがケンカ上等のバッドボーイ、巽雅也だ。その場はなんとか収まったが、次の日、デートの最中、やられた。

彼女をクルマに残し、コンビニにタバコとジュースを買いに行く途中、黒のセダンが目の前に急停車。怖いおにいさんに後部シートに放り込まれ、急発進。電光石火の拉致だった。

後部シートには包帯で頭をグルグル巻きにした巽と、スキンヘッドの大男。助手席に一コ上のヤクザの先輩。運転手はパンチパーマのブルドッグ。

散々リンチを食らい、ナイフで脅され、仲間の居場所を吐くよう迫られたが、言を左右にしてなんとか三時間、しのぎ切った。半死半生で路上に放り出され、再会したのは一年後。

仕事先の工事現場で防水工の巽と一緒になった。無視しているわけにもいかず、「巽くん、あのときはすみませんでした」と頭を下げると、巽は「どうもぉ、お久しぶり」と笑ってくれたっけ。

「あの場面じゃ仕方ないでしょ。逆ならおれも同じことしてたよ」

清々(すがすが)しい坊主頭に木刀を食らった傷痕、二十針の輝かしい勲章を刻みつけたバッドボーイは笑顔でこうも言った。

「でも小嶋くん、口が固いねえ。あれだけ連れ回されてリンチ食らったら普通、他のやつのこと言うでしょ。おれ、小嶋くんを尊敬してるよ」

この再会の日からマブダチになり、一生の友として付き合っていこうと決めた。以来、二十年余り。二人してもっと成り上がっているつもりだったのに――。

コンビニのガラスに映る二つの人影。ペンキで汚れた作業着と安全靴のおっさん二人。さすがに落ち込んでしまう。

「そこのコンビニ、じゃなくてコンビさん」

背後から声がかかる。振り返る。優男がヘラヘラ笑ってる。黒革のハーフコートに細身のジーンズ。軽くウェーブした長髪。今日の客、一軒家の持ち主、日高大洋だ。一コ上だが、先輩後輩の関係を超えてフランクに付き合える、気のいい男だ。

「呼びにいったらもういないんだもの。時間、正確だね」

「メシはしっかり食わなきゃ」

憮然とした巽が言う。

「おれら、真面目な肉体労働者だからな」

そうそう、と小嶋も肩を怒らせて返す。

「仕事も休みも手抜きなしでっせ、日高くん」

まあまあ、日高が両手を掲げてなだめる。

「そう張り切らないで。昼飯奢るからさ、ピザでも取ろうよ」

マジ、と巽と二人、顔を見合わせる。日高はケチじゃないが、クールでドライだ。無駄ガネは一切使わない。おかげでいまや一軒家のオーナーだ。シノギは女からクスリまで、なんでもござれで、暇があるとサーフィンやカヌー、スキューバダイビング、バイクで遊んでいる。西多摩のワルには珍しい、堅実で倹約家の垢ぬけたアウトドア派。それが日高大洋だ。陽気な外見とは裏腹に、闇社会に精通した凄腕の情報屋でもある。

便利屋二人の困惑をよそに、日高はさっさと携帯を取り出して注文する。

「タルタルチキンにシーフードイタリアーナ、それにスパイシーソーセージ。三枚ともラージサイズでね。あとコーラも付けて」

ラージサイズにコーラも付けて？　いったいなにがあった？

「さ、こっちこっち」

手招きする。

「ちょいとビジネスの相談があるんだ」

ウィンクする。

「お二人にぴったりの美味しい話だよん」

ヒップポケットから茶封筒を抜き出す。

「ここにお宝のありかが書いてある」

お宝？　カネ儲け？　不穏なものを感じながらも、金欠二人、歩み寄る。まるで磁石に吸い寄せられる鉄クズだ。促されるまま自宅裏のガレージに入る。

塗装途中のカワサキZ400GPと愛車のBMW。バイクには目のない三人だ。

ひとしきりテクニック談義を繰り広げているとピザが届いた。隅の丸テーブルに座り、ラージサイズのピザ三枚をひたすら食った。五分でぺろりと平らげ、食後のコーラを飲む。

「で、秀ちゃん、これが本日のメインディッシュ」

ジャーン、と日高が封筒から抜き出したA4の紙をテーブルに広げる。なんだ？のぞき込む。地図？ ちがう。部屋の見取り図だ。

「警備会社の営業所だよ」

はあ？ 警備会社？ 巽と二人で凝視する。たしかに営業所の詳細な見取り図だ。玄関に接客カウンター、事務エリア——。各所が細かに記してあり、赤ペンで［A］［B］［C］［D］とアルファベットが振ってある。

「大月警備保障立川営業所」

日高は平手で見取り図を叩く。ドカン、と重い音が響いた。

「ここを襲う」

はあ、と巽が首をかしげる。

「普通、おれら、警備会社に捕まる方だろ」

面白い、と日高が拍手する。

「巽くん、座布団一枚。ついでにシャブもワンパケ付けちゃう。思いっきりぶっとんじゃって」

日高くんさあ、と小嶋はコーラを飲み、ゲップを漏らして言う。

「どーでもいいけど、もちっと現実味のある話をしなよ。おれら、四十過ぎてんだぞ。もうガキじゃねえんだからさ」

「ぼくは永遠の少年だよ」

優男は爽やかに笑い、ひとさし指を見取り図の中央に置く。営業所の中央部。線で区切った正方形のエリアだ。

「この金庫室に置いてある現ナマを頂戴する」

まじ、と息を呑み、小嶋は返す。

「警備会社の金庫室って、銀行の金庫に負けず劣らず警備が厳重なんだろ」

「普通はね。でもここは——」

指で見取り図をパチンと弾く。

「普通じゃないから」

どういうこと？　日高は小嶋の疑念をよそに、自信満々に語る。

「絶対に成功する。その証拠がこの見取り図」

指が玄関横の赤ペン［A］に移動する。

「この［A］が照明を装った防犯カメラ。うまく死角に入ればなにも写らない。警報ボタンは金庫室に入って右側の壁」

赤ペン［B］を指す。

「そんで、夜間には警備員一人が仮眠室にいるんだって。仮眠室は二つあるけど、夜間宿直はこっちのロッカールームを兼ねた方ね」

赤ペン［C］を指先で念を押すように二度、三度と叩く。

「仮眠の規定は午前二時からだけど、実際は午前一時には寝るから、三時くらいになると爆睡らしいよ」

目の奥がカッと熱くなる。十中八九、内部情報だ。小嶋は息を殺し、耳を澄ました。心臓がドキドキする。限られた人間しか知り得ない極秘情報を、優男は軽い調子で披露する。

「玄関には赤外線防犯システムもあるけど、ずっとOFFになっている。野良猫や風で誤作動が多くて、宿直の人間から、おちおち寝てられない、とブーブー文句が出たらしい」

間違いない。内通者がいる。

「この警備会社の社員教育マニュアルに、強盗に襲われたときは一切抵抗しない、という決まりがあるんだって。社員の情報だからテッパンだと思うよ」

ごくり、と喉が鳴る。巽だ。ほおに赤みがさし、目が血走ってくる。日高はペラペラ喋る。

「ぼくの先に一人いて、そこからの情報だけど、この人間は信用できるから」

「ほぼデキレースってわけか」

その気になった巽が怖い顔で問う。

「で、なんぼぐらいあんの？」

「普段は数千万だけど、郵便とかのカネを扱っていて、毎月十五日前の月、水曜日なら二億はあるって」

二億。巽は絶句し、血走った目を丸く剝く。小嶋はぐびっとコーラを干し、平静を装って訊く。

「じゃあ、肝心の侵入口はどこにあんのさ。宿直の警備員もツーカーでロックを解いてくれる、ってわけじゃないよな」

まさか、と肩をすくめる。

「そこまでさばけてたら逆に問題でしょ。サツがすぐに嗅ぎつける。ここさ、ここ」

赤ペン［D］。トイレの窓だ。小嶋はさらに訊く。

「実行日を伝えれば開けといてくれんの？」

「そうじゃなくて、壊れているらしいよ。けっこう前から」

まじか、と思わず声が出た。

「どんだけ適当な会社だよ」

「でも情報はテッパンだから」

日高は弁解するように言う。これは、と声がした。巽が太い指で示す。見取り図の右隅に赤ペンで書き殴った数字。［1234］。

「この1234、なんだ？」

ああ、と日高が白い歯をみせて破顔する。

「金庫室の暗証番号。適当でしょ」

適当すぎてこっちが怖くなる。仮にも警備会社だぞ。二億の現ナマだぞ。それとも世のなか、こんないい加減なものなのか？　齢（よわい）、四十一にして知る、あまりに杜撰な現実に小嶋は声もなかった。日高は得意げに喋る。

「金庫室の入り口にタッチパネルみたいな数字を打ち込むタイプのカギがあるんだって。でも、暗証番号は警備員を脅して訊き出してくれってさ。そのまま開けたら内通者がいるの、バレバレだから」

暗証番号は1234。この情報に間違いはなかった。が、後日明らかになるのだが、六億円強奪事件の四ヵ月ほど前、営業所内でテンキーの取扱説明書をチェックし、4649に変更したのだという。

「いい加減な警備会社だねえ」

巽があごをしごき、うなるように言う。

「大事な他人様のカネを預かっといて許せねえな」

目を細め、愉悦の笑みを浮かべる。

「天罰として奪ってやるかい」

そうだな、と小嶋も同意した。相棒の巽がその気なら、こっちも異存はない。だが、日高の話にはまだ続きがあった。

「情報がテッパンだから、ネタ元も強気なわけよ」

ほおを指でかき、一転困った顔で言う。

「奪ったカネの五割を寄こせって言ってるんだ」

なんだとお。頭にぐんと血が上る。その気になっていただけに余計腹が立つ。

「ふざけんなっ」

小嶋は一気にまくしたてた。

「情報だけで半分かよっ、そりゃまた爪の伸ばしすぎじゃねえの。普通、どんなテッパン情報でも二、三割が常識だろっ」

そう興奮すんなよ、小嶋くん、と日高が笑顔でなだめる。

「二億の半分で一億だぜ。恩の字じゃん」

そりゃまあ、冷静に考えればそうだ。現ナマ一億。この場の三人で山分けしても三千万余りか。

「で、このプロジェクトの名前だけど、〝ミカン狩り〟でどうよ」

ミカン狩り？　日高は嬉しそうに説明する。

「ほら、いまはミカンの季節だし、ばっちりじゃん」

なんと答えていいのか判らない。巽も困り顔だ。

「じゃあミカン狩りでいこう。きまりっ」

現ナマが目の前にちらついたのか、日高のテンションがぐんと上がる。

「で、ミカン狩り、いつやろうか」

小鼻を膨らませて迫る。

「年内、だろ。きみら二人、イケイケで有名だもん。決めたら速攻だよな。派手にぶん盗って、みんなで幸せな正月を迎えようぜ。ぼく、成功を祈っててっから」

はあ？　小嶋は首をかしげて問い返す。

「日高くんも参加するんだろ」

ばかな、と両手を振り、大仰にのけぞる。

「ぼく、荒事（あらごと）はチョー苦手だもん。情報だけでお腹いっぱい。あとはきみら二人にお任せします」

きっぱり言うと、逃げるように一歩、二歩と退（さ）がる。巽は——目を伏せる。

「おれも勘弁だな」

気弱な言葉が這う。

「もうジジイだし、ガキもいるし、危ない橋は渡りたくねえんだ」

そうか。事情があって離れて暮らす一人息子はたしか中学生だ。養育費を毎月律儀に払い続けていると聞いた。ケンカ上等のバッドボーイもすっかり収まったってことか。

「で、秀ちゃんはどうするよ」

巽が真顔で訊いてくる。

「ムショから帰って一年半だろ」

もっそう飯のションベン臭いにおいが甦る。またあの不味い飯は食いたくない。

巽は追い打ちをかけるように言う。

「そろそろカミさんとガキも大事にしなきゃな」

小嶋は思わず顔をしかめる。痛いところをピンポイントでついてきた。結婚歴は三回。初婚、再婚は若気の至り。しかし、再々婚は違う。十歳下のカミさん、利江子と五歳の娘、茜。シャブで逮捕されたとき、茜の将来のことを考えて利江子と話し合い、離婚したが、娘のことはいまもメチャクチャ愛している。苦労をかけた利江子も同様だ。出所後、時々会ってはいるが、常に金欠状態で満足に美味いものも食わせてやれない。

カネが欲しい。喉から手が、二本も三本も出るほど欲しい。が、ムショに舞い戻るのも嫌だ。おっさん三人が黙りこむ。ガレージに陰鬱な空気が満ちていく。見取り図を前に、陽気な日高も暗い顔だ。

「まあ、おれに任せろ」

二人が顔を上げる。小嶋は朗らかに言う。

「若い連中がいるだろ。食い詰めて、一か八かでまとまったカネをつかみたいワル」

「心当たりはあんのか」

巽が問う。

「口が固くて頭脳明晰、腕っ節が強く、機転も利いて、しかも度胸のあるやつ」

そんなスーパーマンが多摩の田舎でワルやってるわけねえだろ、と言いたいのを我慢して返す。

「二、三、心当たりはある」

告げながら、頭の中で弟分の望月に×マークをつける。あいつはダメだ。所詮、トロモチ。暗証番号１２３４の記憶も怪しい。

「仮に若いの二人入れても五人で一億、一人頭二千万だ。日高くん、けっこうなもんだろ」

「じゃあ、とりあえずミカン狩り、小嶋くんの預かりということで」

日高はつまらなそうに言うと、さっさと見取り図を畳み、封筒にしまう。

「さ、仕事仕事」

巽が肩を揺すってガレージを出て行く。小嶋も重い身体を励まして続く。秋の青空が眩しい。ふわっと湧いた欠伸を嚙み締め、大きく伸びをした。現ナマ二億、か。

その後、幾人かの後輩、知り合いに、それとなく声をかけてみたが、適当なやつがいない。みな、ラクして小金を稼ぎたいやつばかりだ。自分のことは棚に上げ、小嶋は相棒の巽相手に「最近の若い野郎はチキンばかりだ」と嘆きつつ、便利屋仕事をせっせとこなした。

冬が来て、いよいよ年末も近くなると便利屋も開店休業が多くなる。小嶋は暇を持て余した。

クリスマスイブ、利江子と茜のところへ行こうにもまとまったカネがない。貧乏たらしい姿では男がすたる。小嶋はじっと我慢し、入間の秘密基地で時間を潰した。趣味のスケボーだ。

山道のコーナーを連続で攻め、気持ちのいい汗をかき、ラスト一本、と張り切ったところ、ヘアピンコーナーで大転倒。ボードは宙を飛んで雑木林に突き刺さり、小嶋はアスファルトに叩きつけられて吹っ飛んだ。十メートルは転がり、ジャンパーが擦り切れ、ジーパンは裂け、スニーカーは脱げ、ぼろぼろの格好になった。雑木林から引き抜いたボード片手に、知らない人間が見たら轢き逃げの被害者だよな、と苦笑しながら倉庫に戻った。

水道の冷たい水で膝の傷口を洗い流し、めり込んだ小石をほじくり出す。自慢の空中庭園に戻って消毒、絆創膏(ばんそうこう)を貼りながら、大鏡に映った自分を見た。まるで小学生だ。進歩ゼロ。傷だらけの金欠クリスマスイブ。なんだか泣けてきた。ここに大月警備保障立川営業所の現ナマ二億があればおれも——。

黄金色のアロワナ、スティーブに、今日はイブだから特別な、と金魚二匹を落としてやる。スーッと距離を詰め、逃げ惑う赤い金魚を次々に呑み込む。電光石火の早業だ。水槽には無表情のスティーブだけ。金魚の痕跡はゼロ。悠々と泳ぐ古代魚を眺めながら、哀れな金魚ちゃん、おれみたいだねえ、と独りごちる。ここらが潮時だな。

携帯を取り出し、番号を呼び出して送信する。二コールで出た。

「ハロー、メリークリスマス、小嶋くん」

日高は今日も陽気だ。

「デコレーションケーキにローストチキン、食ってる？」

まだだけど、とか細い声で答え、意を決して言う。

「ミカン狩り、ちょい無理みたい」

あっそう、とお気楽な声が返る。

「じゃあ仕方ないね。もう忘れよう」

クールでドライなワル。あっさりしたもんだ。いつまでも未練たらしく引きずり、悩んだ自分がバカに思える。陽気な声がビンビン響く。

「それより小嶋くん、今夜、八王子のキャバクラでパーティやるけど来ない？　女の子、キャバ嬢からＪＫまでよりどりみどり。ハッパもクスリもあるでよお」

また今度な、よいお年を、とヘラヘラ笑い、電話を切る。レインボーハンモックに沈み込む。あーあ、終わった終わった。これでいい。清々すらあ。おれの人生、こんなもん。


年が明けて二〇一一年。三月十一日に東日本大震災が発生して数日後、計画停電が各地で実施された夜、入間の秘密基地の小嶋に舎弟分から電話が入る。猪瀬（いのせ）遥（はるか）、一コ下の四十歳。元極道。暇なので遊びに行きたい、と言う。同じ暇人同士、断る理由もなく、応じると、三十分後、牛丼弁当と味噌汁、缶コーヒー、ポテトチップスがつまったポリ袋をぶら提げてやってきた。

「アニキぃ、ここ停電、大丈夫っすか」

遥、という名前からはかけ離れた、ゴツいプロレスラー体型に短髪、ダミ声。首にゴールドのネックレス。口癖は、ぶっ殺す、の乱暴者。が、根は気持ちのいいナイスガイだ。

「おれんとこはまだ一回もねえよ」

「ここに来る途中、信号が消えてる交差点があって、オマワリが警備灯(ニンジン)振り回してて、トラックに轢かれそうになってましたよ」

牛丼をテーブルに置きながら、厳つい顔をしかめる。

「しかし、ガソリン入れんのに一時間待ちは勘弁っすね。このスタンド、すいてんな、と思ったら軽油だったり、スーパーもコンビニもうんざりするほど人が並んでるし」

二人で牛丼を食い始める。

「まあ、いろいろあっけどよお」

小嶋は温(ぬる)い味噌汁をぐいと呑み、ため息をひとつ。

「被災地は大変だぞ。幼い子供を海に持ってかれたおっかさん、おやっさんが泣いてよお」

さっき、テレビニュースで見た悲惨な光景が浮かぶ。自分に重ねてしまう。もし茜が海に消えたら——たまらなかった。目尻を指でぬぐい、牛丼を食う。

「被災地も大変ですけど」

牛丼をかっこみながら乱暴者が言う。

「おれらも大変じゃないっすか」

返す言葉がない。

「この先、景気もドーンと悪くなるだろうし、おれ、マジ、どうしようって感じです」

猪瀬は四人目の子供が生まれたばかり。五年前、極道を辞め、キャバクラ嬢の斡旋を皮切りにデリヘル、焼き鳥屋、居酒屋を経営してきたが、どれもこれもうまくいかず、けっこうな借金も抱えているらしい。

牛丼を食い終わり、缶コーヒーを飲みながらポテチをつまんでいると、でっけえサカナだな、と猪瀬が感に堪えぬように言う。黄金色に輝くアロワナ、スティーブを眺めている。

「化け物みてえだな。おれがガキの時分、多摩川で釣った野鯉(のごい)もでかかったけど、それ以上だな」

意外だった。ぶっ殺す、が口癖の乱暴者にはそぐわない気がする。

「おまえ、釣りが趣味なのか」

いえ、と困った顔で返す。

「うちはほら、おふくろがホストクラブで借金こさえたままどっかのチンピラと逃げて、ド貧乏だったから、晩飯の足しに釣ってたんです。鰻（うなぎ）なんか、開いてかば焼きにして食うと抜群に美味（うま）かったな」

「野鯉はどうよ」

それがうちの親父が困ったもんで、と目を細めて言う。

「昔、川崎の中華料理屋で食った鯉のから揚げが美味かった、とぶつ切りにして油で揚げたんっすよ」

「泥臭くて食えねえだろ」

「二、三日、真水にさらして泥を吐かせないとダメなんですってね。でも、親父と性格のきつい継母（ままはは）と三人、醤油（しょうゆ）をジャブジャブぶっかけて頑張って食いましたけど」

ふーん、と缶コーヒーを飲む。猪瀬の複雑な家庭環境が透けて見えるようだ。が、詳しくは問わない。プライベートに興味本位で立ち入らず、立ち入らせず。ワルの基本ルールだ。昔の辛い記憶が甦ったのか、猪瀬は顔をしかめる。

「もうド貧乏はたくさんだな」

「カネがねえとな」

小嶋はポテチを口に放り込み、バリバリ嚙む。

「遥、やっぱ世の中、カネ次第よ。この世界の揺るぎない真理だ」

アニキ、と猪瀬が思い詰めた顔で迫る。

「あれ、まだ生きてますか」

なんだろう、とすっとぼけてみる。猪瀬は眉間に筋を刻み、ダミ声を響かせる。

「ミカン狩りですよ」

「とっくに季節は終わってるけどな」

「おれ、ミカン、どうしても食いたいっす」

小嶋は大きく息を吸い、湧き上がる興奮と動揺を抑えて返す。

「おまえがやる気なら、いちおう話は通してやるけどな」

ありがとうございます、と深く頭を下げる。猪瀬が帰った後、日高に電話を入れてみた。あっさり、生きてるよ、と言う。小嶋はネタ元への五割を二割に値切ってみた。五分後、コールバックがあり、了承したという。ネタ元は実行部隊が見つからず困っているらしい。電話を切り、ざまあみやがれ、爪を伸ばしすぎたバッだ、と嗤った。身体に久しく忘れていたエネルギーが満ちてくる。

追い詰められた元極道、猪瀬ならやるだろう。二億円強奪はもう成功が約束されたも同然だ。視界が一気に薔薇色に染まる。黄金色に輝くスティーブに、四匹の金魚をまとめて与える。前祝いの大盤振る舞いだ。スティーブは逃げ惑う金魚たちを次々に平らげ、何事もなかったかのように悠然と泳ぐ。

「やっぱ、スティーブはおれだな」

小嶋は目を細め、陶然と眺めた。脳裡に現ナマを懐に詰め込んだ己の姿が浮かぶ。国分寺辺りに高級マンションを借りて、スーツでびしっと身を固め、本格的にビジネスを展開する青年実業家だ。

翌日、猪瀬に電話を入れ、ミカン狩りが生きている旨を伝えた。元極道は声を弾ませ、アニキ、感謝します、と大喜びだった。

それから一ヵ月、なんの音沙汰もなかった。陽気で能天気な小嶋もさすがに気落ちした。金欠を解消すべく腹をくくった乱暴者も、いざ実行に移すとなると怖気づき、尻をまくったのだろう。その気になり、青年実業家の夢を描いた自分が惨めだった。

すっかり諦めたころ、猪瀬から電話が入った。挨拶もそこそこに意外なことを言う。

「先方が来るんで、会ってください。場所はおれがセッティングします」

先方？　わけが判らない。なんのことだ、と問うと、携帯が割れそうな大声が轟いた。

「ミカン狩りに決まってるじゃないっすかあ」

小嶋が黙っていると、おれの幼馴染みです、と猪瀬は自慢げにペラペラ語る。曰く、小中学時代の同級生で元極道幹部、いまも闇社会に顔が利くバリバリの実力者で、この男に任せておけば心配ない、と。

よく判らないまま面会を了承したが、勝手に話を進める猪瀬に腹が立った。同時に、追い込まれた乱暴者といえど、自ら実行する気は無いらしい、と判って落胆した。結局、猪瀬と自分は同じ穴のムジナ。似た者同士。類は友を呼ぶ。それはマブダチの巽雅也と日高大洋も同じだ。

第三章

謀　議

五月六日（強奪事件の六日前）、猪瀬の仲介で元極道幹部と顔合わせが行なわれることになった。場所はＪＲ立川駅南口からすぐの、老舗(しにせ)の鰻屋である。

遅っせえなあ。

小嶋は立川駅南口のロータリーでイライラしながら待った。猪瀬との待ち合わせは午後五時五十分。クルマで迎えに来るという。そして元極道幹部との約束は午後六時。五分もあれば余裕で鰻屋に着くというから、万全のはずだった。ところが肝心の猪瀬が来ない。腕時計に目をやる。午後五時五十八分。やっべえぞ。測ったように携帯が鳴る。耳に当てる。

アニキぃ、と情けない声がする。イヤな予感がした。

「いま起きました」

なにぃ。

「寝坊しちまいました。ソッコーで行くんでよろしく」

ばっかやろう、携帯に噛みつくようにして怒鳴り上げる。

「おまえ、本気でやる気あんのかっ、ケンカもビジネスも最初が肝心だろうがっ、こっちが遅れたらそんだけ安目(やすめ)に見られんだぞっ、向こうが優位に立っちまうんだっ、わかってんのかっ」

ドタマに血が上り、目が眩(くら)む。よりによって、しょっぱなからまあ、このバカは。小嶋は火を噴く勢いでまくしたてる。

「そういうことだからおまえはダメなんだっ、ガキも四人いるんだろっ、しっかりしやがれっ、このおたんこなす、どあほっ」

とにかくすぐ行きますんで、と猪瀬は逃げるように携帯を切る。

結局、約束の午後六時から一時間近くも遅れて鰻屋に到着。店の奥の個室で待っていた元暴力団幹部に二人でコメツキバッタのように頭を下げて謝罪した。

名前は梶谷治(かじたにおさむ)。坊主頭に剃った眉、眠たそうな目と頑健な身体。貫禄充分の元暴力団幹部だ。小嶋が一コ上だが、梶谷の方が十は年長に見えた。大事な初対面の場に大幅に遅刻してしまった負い目もある。小嶋は目の前の梶谷に完全に圧倒されてしまった。

朱塗りのテーブルを挟んで、向こう側に梶谷。こちら側に小嶋と猪瀬。三人で一番高いうな重を黙々と食べた後、ほうじ茶をすすりながら具体的な話に移る。

「これがお宝の元です」

小嶋はテーブルに恭しく大月警備保障立川営業所の見取り図を広げる。日高大洋のブツをコピーしたものだ。梶谷は身を乗り出し、食い入るように見つめる。ほおが赤らみ、小鼻が膨らむ。莫大なカネの匂いに興奮している。小嶋はほくそ笑み、続ける。

「詳しい説明の前に、肝心の取り分なんですが」

内容を整理して告げる。

「ネタ元がふてえ野郎で、最初、奪ったカネの半分を寄越せとほざきまして」

「それで？」

見取り図を凝視したまま先をうながす。岩のように動かない。小嶋は気圧されながらも、平静を装って言う。

「おれの方で改めて交渉しまして、二割にまで値切りました」

梶谷はぬっと顔を上げる。正面から見つめてくる。

「猪瀬の話じゃあ、現ナマ二億は固いとか言ってましたが――」

念を押すように隣の猪瀬を見る。

「なあ、猪瀬。二億あるんだろ、そう言ったよな」

猪瀬はうつむき、肩をすぼめる。

「おれはそう聞いただけだから」

蚊の鳴くような声で答える。札付きの乱暴者が完全に萎縮している。二人の関係が見えた。幼馴染みだが、立ち位置は梶谷が遥かに上、と。梶谷はつまらなそうに鼻を鳴らし、視線を小嶋に戻す。

「仮に二億あったとして、ネタ元に四千万を渡すわけですね」

「一億六千万をおれたちと梶谷さんで分けます」

「小嶋さんたちはいくら取るつもりですか」

一気に核心に斬り込んでくる。言葉は丁寧だが、表情と声のトーンに裏社会で生きてきた男の凄みがある。小嶋はここが勝負、とばかりに言う。

「半々でどうでしょう」

「ボリすぎでしょう」

梶谷は即座に返す。

「いいとこ七・三だ。こっちは危険を冒して実行するんですよ。下手したらパクられてムショだ。おたくら――」

太い指で見取り図を押さえる。

「この情報を流すだけで一億六千万の半分、八千万をかっぱらっちまうとは虫がよすぎる。そうは思いませんか」

正論だ。ぐうの音も出ない。頭のなかで計算する。一億六千万の三割――四千八百万か。ここまできて白紙に戻すのもバカらしい。

小嶋は渋々了承し、「ではミカン狩り、説明させていただきます」と、日高の話をそのまま伝えて説明する。

梶谷は太い腕を組み、じっと聞き入る。眠たそうな目が時折、瞬きをする。感情の揺れはゼロだ。

頭の隅で警報が鳴った。この男はヤバイ。喜怒哀楽が激しく、お喋りでお調子者の自分たちとは人間の種類がまるっきり違う。こういう男は怖い。いざとなれば殺しも厭わない、モノホンのワルだ。小嶋は説明を終え、最後、念のために保険をかけた。

「二億という金額ですが、今回の大震災がどう影響しているのか判りません。扱う金額が減っているかもしれないし、逆に増えている可能性もあります。実行してみないと判らない、というのが正直なところです」

梶谷はほうじ茶を飲み、ぼそりと言う。

「やってみてのお楽しみってわけだ」

「そういうことです」

「ヤバイ仕事はそんなもんでしょう。おれも億単位の現ナマが簡単につかめるとは思ってませんから」

「それを聞いて安心しました」

梶谷はあごに手をおき、見取り図を凝視する。眠たそうな目に鈍い光が宿る。

「やりますよ」

瞬間、足元から震えが這い上がった。これは武者震いだ、と言い聞かせ、見取り図を丁寧に畳んで梶谷に渡す。

「よろしくお願いします」

梶谷は黙って懐に収める。

「アニキ、ちょうどいい」

猪瀬がダミ声を轟かす。

「現場、近いから行ってみませんか。カジもどうよ」

「そうか。徒歩でも五分程度だ。梶谷も同意し、猪瀬の運転するシーマで営業所に向かう。

多摩都市モノレールが走る表通りから百メートルほど入った、都立立川高校の隣。車道を挟んで高校のテニスコートがある、ごく普通の住宅街だ。

営業所が入るマンション近くにシーマを停め、外に出る。二十メートルほど歩き、車道の反対側からマンションを眺める。営業所は白いタイルの四階建てマンションの一階――。

まじかよ、と思わず声が出た。猪瀬も、うっそお、と驚きの顔だ。梶谷だけは表情が毛筋ほども変わらない。感情の無い眠ったような目でじっと見る。

小嶋は焦った。とても億単位の現金を保管する警備会社営業所には見えない。ごく普通のしょぼい事務所だ。停めてある警備会社のワンボックスカーも、ところどころ塗装が剝げ、スライドドア部分が大きく凹んだボロ車輛だ。

なるほど、と梶谷がうなずく。

「億の現ナマを預かる警備会社には見えませんね」

はい、と同意するしかなかった。梶谷は、でも、とあごをしゃくり、営業所を示す。

「内部の人間が情報、出してんだから間違いないでしょう」

太い首を回して小嶋を見る。

「テッパン情報、ですもんね」

背筋がぞくりとした。その目は、情報がガセだったらタダじゃおかない、と言っていた。梶谷は返事も待たずにシーマに戻る。小嶋は慌てた。

「梶谷さん、もういいんですか」

せめてマンション北側の腰高窓は確認した方がいいんじゃないか？　が、梶谷はあっさり返す。

「おれが入るわけじゃないから」

はあ？

「若い連中を適当に見つくろってやらせますよ」

それだけ言うとさっさと歩き、シーマの後部シートに入る。おい、と猪瀬をこづく。

「話が違うじゃねえか」

おれだってもうびっくりですよ、アニキ、と舎弟分は諦め顔で言う。

「カジは最初から若い衆を使う気だったんでしょ。お互いに誤解があったってわけだ」

「おれたちは取り分三割を呑まされたんだぞ。野郎も丸投げじゃねえか。安全地帯から高みの見物で七割だぞ」

ああ、腹が立つ。

「若い衆を小遣い二、三万でこき使って、残りを全部せしめようってわけだ」

「カジはそこまであこぎじゃないすよ」

「遥、おまえ、幼馴染みのダチとかいいながら、やられっぱなしじゃねえか。完全に見下されてるぞ。いまさらかばってどうする」

「それはそうですが」

日頃の傲慢さがウソのようなか細い声に、さらに腹が立つ。

「それに適当に見つくろうってなんだよ。ホントに大丈夫なのか。シャブを決めて突っ込むようなノータリンの若い連中ならメチャクチャになっちまうぞ」

さあ、と首をかしげる。

「カジがやることにおれ、細かく口出しできねえし、そもそも商談は決まっちまったし」

このバカ。遅刻といい、いい加減にもほどがある。殴りたくなってきた。しかし、牛並みの頑丈さを誇る乱暴者だ。殴ればこっちの手が骨折する。振り上げた拳をそっと戻す。

開き直った舎弟分はしゃあしゃあと言う。

「アニキ、もうカジに任せちまったんだ。果報は寝て待てっていうじゃないっすか。おれたち、どーんとかまえてましょうや」

それだけ言うと逃げるように小走りに駆け、シーマの運転席に入る。ちくしょう。猪瀬なんかに振るんじゃなかった。いや、最初から丸投げしか頭になかった自分が悪いのか。ともあれ、主導権はがっちり梶谷に握られてしまった。ここまできた以上、結果を待つしかないか。

重い足を引きずるようにして助手席に戻ると、二人の様子がおかしかった。梶谷は後部シートの中央にふんぞりかえり、不機嫌そうにタバコを喫い、運転席の乱暴者は沈鬱な表情だ。

「どうした」

いえね、と猪瀬が小声で言い、背後の梶谷に目配せする。

「道具が用意できないか、って」

道具――全身から冷や汗が噴き出した。この状況で元極道が言う道具とはつまりチャカ、拳銃のことだ。

「梶谷さん、道具はマズイですよ」

「どうして」

ぷかり、と煙を吐く。小嶋はルームミラーに映る元暴力団幹部に言葉を選んで告げる。

「相手は一人なんだ。弾く必要はないでしょう」

「脅しに使うだけですよ。無駄に抵抗されても面倒だし」

ならモデルガンでも持って行けよ、と言いたいのを堪え、冷静に返す。

「さっきも説明したように、強盗には抵抗しない、という教育を受けています。万が一、抵抗されたとしても催涙スプレーかスタンガンでいいんじゃありませんか。とにかく、おれは用意できませんから」

ピシリと言う。

「仮に道具を用意するにせよ、それは実行側がやることです。おれたちは関係ありません」

梶谷はタバコを喫い、眠たそうな目を細める。なにも言わない。車内に緊迫した空気が満ちてくる。猪瀬の横顔がこわばる。

「判りました」

梶谷はタバコを灰皿にねじ込む。

「道具はけっこうです」

それだけ言うと両腕を組み、シートにもたれる。猪瀬はほっと息を吐き、シーマを発進させる。

ルームミラーのなか、梶谷はむっつりと押し黙ったきり動かない。小嶋は得体の知れない嫌な予感に、肌が粟立った。

第四章 悪いやつら

主導権を握った元暴力団幹部の梶谷にも誤算があった。

当時、梶谷は埼玉県南東部にある三郷市の、中古車販売とクルマの修理を請け負う会社に出入りしており、そこのオーナー、梨田吾郎が強奪計画の実行メンバーを調達することになっていた。

梨田は元暴力団員で、梶谷の六歳年長の四十六歳。梶谷が全幅の信頼をおく兄貴分である。コテコテのニグロパーマに尖った目、黒のシルクシャツと紫のズボン、蛇革のベルト、白いエナメル靴。

ザ・ヤクザ風の強面にふさわしく、かなり無茶な性格で、夜中に電話をかけてきて仕事を頼むこともしょっちゅう。付き合いのあるガソリンスタンドの敷地に勝手に商売物の中古車数台を置きっぱなしにしても平気の平左。

傍若無人を絵に描いたような男だが、反面憎めないところもあり、近隣の宝くじ売り場のおばちゃんたちとは軽口を叩き合うツーカーの仲。定期的に、花見だ忘年会だカラオケ大会だ、と飲み会をやるほど親しい。こんな付き合いのいい元極道はいないだろう。

面倒見のよさも抜群で、以前、梶谷の恋人が昔の男とトラブルになり、拉致されたときは若い衆数人を引き連れて駆けつけ、血眼（ちまなこ）になって捜索。恋人を無事取り戻してくれた。

身勝手で愉快で、いざとなれば男気のある梨田。このユニークな元極道も、最近は会社の経営が上手くいかず、金策に苦労する毎日。立川の打ち合わせの前に、梶谷が警備会社襲撃の件を持ちかけると、パクリと食い付いてきた。

もとより、梶谷自身は実行役を務める気などさらさらない。小嶋や猪瀬と同じく、丸投げである。

立川の打ち合わせから戻り、改めて詳細を告げると、億のカネに目が眩んだ梨田は、実行役はこちらで用意すると約束した。しかし、なかなか決まらない。梨田は焦り、右往左往したあげく、ダメモトで使用人の男に持ちかけた。

渡利透、四十歳。三年前まで型枠大工の仕事をやっていたが、中国人の恋人と別れ、自暴自棄になり無職に。たちまちカネは尽き、路頭に迷う寸前となったところを救ってくれたのが梨田だ。住む家もなく、梨田の会社に居候した時期もある。それでも半年近く前、飲み屋で知り合った女性と結婚。安アパートで一緒に暮らし始めたばかりだった。

新妻のためにまとまったカネが欲しい。だが、当てはない。頼りの梨田もカネに詰まっている。

捨て身の中年男、渡利透は二つ返事で了承し、ここに実行犯が決定した。

振り返れば、小嶋を中心とする主犯格グループは丸投げしか頭になかった。実行犯グループの窓口である梶谷も、兄貴分の梨田も丸投げオンリーである。

一連の流れを俯瞰すると驚くべき事実が浮上する。小嶋ら主犯格グループと、梨田を頭とする実行犯グループ。双方はまったく面識がないのである。当然、意思の疎通もゼロ。

迷走は約束されたも同然だったが、実行犯が決まり、丸投げに次ぐ丸投げの迷走の物語はさらに加速していく。

実行犯グループの現場責任者とでも言うべき梶谷に対し、梨田から決行の話があったのは五月十一日の昼過ぎ。つまり、当日(実際の犯行時間は十二日未明)である。

梶谷は、いくらなんでも性急すぎる、と梨田に直談判。

「今日の今日はさすがにヤバイ。もっと計画を練って、慎重にやりましょう」

が、梨田は言下に斬り捨てた。

「しょうがねえだろ。もうやるしかねえんだよ、透がやるって言ってんだ、一か八かでタタくんだよっ、おれもカネねえし」

「もう引き返せないってことですか」

「そういうことだ。諦めろ」

梶谷もその筋の男である。兄貴分がそこまで言えば腹をくくるしかない。梶谷は主犯格グループの猪瀬に電話を入れ、「今夜やる」と告げた。猪瀬は「そっちの判断に任せる」と言い、ここに大月警備保障立川営業所の襲撃は決定した。

腹はくくったものの、梶谷は叶うなら人選を一からやり直したかった。実行犯の渡利がどうにも信用できないのである。

忙しい、死にそうだ、と言いながらもパチンコにしけ込むことなどしょっちゅう。いつも、カネがない、カネが欲しい、と嘆くくせに勤労意欲はゼロ。短気な梨田にどやされると、途端にへこへこしてゴマをすりまくる。その場さえ凌げればいい、というルーズで狡猾な性格が梶谷には許せなかった。

組織のシビアな論理が叩き込まれた暴力団元幹部の梶谷と、その日暮らしの風来坊の渡利では水と油である。当然、プライベートの付き合いは皆無。しかし、兄と慕う梨田が決めた以上、従うしかない。

午後十時ごろ、つまり襲撃の約五時間前。梶谷は立川市で渡利と合流。渡利の愛車の古ぼけたシルバーベンツに同乗した。

梶谷は路肩に駐車したベンツのなかで、営業所の見取り図を元に内部の事情を説明。そのまま現場マンションまで同行した。

マンション手前でベンツを停める。運転席のドアを開け、ふらりと出た渡利は大胆にも明かりが灯る営業所の周りを仔細にチェックし、戻ってくると、不機嫌な面でこう言った。

「窓、思ったより小さいですね。入れるかな」

腰高窓のサイズは縦四十センチ、横五十センチくらいの横長で、鉄線入りのガラスが嵌まっているという。元型枠大工の渡利は骨太のがっちりした体軀である。心配になった梶谷が「大丈夫か」と訊くと、太い首をひねり、「なんとかなるでしょう」と言った。ほっとしたのも束の間、渡利はハンドルにもたれ、うめくように続ける。

「おれ、カネ、ねえんですよ」

「あそこにいくらでもあるだろう」

しょぼい営業所が、いまは光り輝く黄金の館に見える。が、渡利はあっさり首を振る。

「準備のカネですよ。道具が欲しいんだが」

右手で拳銃を握る真似をする。

「やめとけ」

元極道ならチャカも効果的に扱うが、この男はダメだ。頭に血が上ってすぐに弾くだろう。梶谷は諭すように言う。

「警備員は強盗に抵抗しないらしい」

「判りませんよ」

渡利は確信をもって語る。

「人間ってやつは追い詰められるとなにすっかわかんねえから」

おれはそうだ、と言わんばかりだ。

「社長にカネを貸して欲しかったけど、スカンピンだって。一万しか出してくれなかった」

明かりが灯る営業所を眺めながら言う。

「今夜、億のカネをつかもうってのに、たったの一万円ですよ。どっかおかしくないですか」

ほおを緩めて笑う。梶谷はうなずいた。

「おかしいな」

でしょう、と血走った目を向けてくる。

「だからここに来る途中、越谷のダイエーで包丁を買いました」

「刺すなよ」

返事はなかった。ただ、眼球を回して前を向く。梶谷は、なあ、渡利、と語りかける。

「今夜はやめないか」

自分の言葉が信じられなかった。これまで、荒事を前に退いたことはただの一度もない。ケンカだろうが、強盗（タタキ）だろうが、決まった以上、後先考えずに突っ込んでいった。それが漢の生き方だと信じていた。ところが今夜はいやに気弱になっている。自分が自分でないような——どうしたんだろう。

梶谷の困惑をよそに、渡利は強い口調で返す。

「やりますよ」

捨て身の中年男に迷いは微塵もなかった。

「今夜は気分ものってるし、天気予報を見たら朝方にかけて大雨だと言ってました。音も消えるし、証拠も残りづらい。こんな最高の夜はないでしょう」

ベンツを発進させる。

「ダチを連れて行きます」

はあ?

「おれだけじゃ自信ないんで、ダチを一人連れて行きます」

ちょっと待て、聞いていないぞ、想定外だ。常に冷静沈着な梶谷もさすがに慌てた。

「どこのどいつだ」

さあねえ、と薄く笑う。こめかみが軋んだ。

「てめえ、おれを舐めてんのか」

ドスを利かせて凄む。が、渡利はまったく動じない。

「べつに舐めてなんかいませんよ」

薄笑いを浮かべて余裕綽々だ。いままでの渡利では考えられない。

「でも、実行するのはおれですから」

言外に、傍観者のおまえは黙ってろ、との強烈な反発がある。それでも梶谷は問う。

「どういう野郎だ。信用できるダチなのか」

「梶谷さん、知らないほうがいいですよ。向こうもこっちを知らないし」

それっきり黙りこむ。笑みが消えていく。その横顔には確かな覚悟があった。

立川駅前で梶谷を降ろすと、薄汚れたシルバーベンツは爆音を上げて突っ走り、闇に消えた。梶谷は茫然と見送ることしかできなかった。

渡利が相棒に選んだ男は名前も知らないパチンコ仲間である。無口で表情の乏しい男で、年齢は三十くらい。渡利はパチンコで知り合ったから〝パチ〟と呼んでいた。顔を合わせれば雑談し、スロット台の情報を交換する程度の仲である。渡利にはこの男以外に、知り合いと呼べる人物はいなかった。

電話で、カネをザクザク稼げるシノギをやらないか、と誘うと、パチは感情のない声で、「やろうか」とひと言。いつものように細かいことは何も訊いてこない。理屈とか考えることが苦手な渡利にとって、これほどしっくりくる相棒はいない。

後に明らかになるのだが、パチこと木下正明（三十一歳）は八王子市の出身で、三人兄弟の次男。父親は建築設計事務所を経営し、母親は教育熱心で料理好き、という理想的な家庭に育った。

ところが木下が小学校を卒業すると同時に両親が離婚。母親、兄弟と共に隣の日野市のアパートに転居している。地元の定時制高校時代はリーゼント頭でバイクを乗り回していたが、暴走族で派手に暴れ回るような札付きのワルではなかった。

在学中から工務店でアルバイトをし、卒業後もしばらく続けていたものの退職。一時、地元の不良グループと共に集団窃盗に手を染め、逮捕されたこともあったが、本格的な悪の途に進むこともなく、友人の誘いで八王子や立川のホストクラブで働いた。しかし、口下手で表情の乏しい根暗な青年はいつまで経ってもヘルプの身分から抜け出せず、年中カネに困っていたという。

おまけに兄は消防署員で弟は税務署職員である。兄弟二人が堅実な人生を歩む中、木下の鬱屈とコンプレックスは深まるばかりだった。

事件当時はホストも辞めて日野市の実家でパチンコ三昧の毎日。ワルにもなれず、定職にも就かず、なにもかも中途半端な男は、パチンコ仲間の美味い話に軽い気持ちで乗り、事件当夜、合流。もちろん、渡利の名前も素性も知らない。木下にとってはただのパチンコ仲間。そのごつい風貌から〝おっさん〟と呼んでいた。

途中、ローソンでガムテープとポテトチップス、缶コーヒーを買い、ドン・キホーテでマスクと軍手を仕入れた。顔を隠すことなど、考えもしなかった。

警備会社営業所近くに停めたおっさんのベンツのなかで用意してあったヤッケの上下を着て、フードを頭からかぶり、マスクと軍手をつけた。

木下はただおっさんの後を尾いていった。激しい雨にまぎれて壊れた窓から侵入し、おっさんに言われるまま、仮眠中の警備員の口をガムテープで塞ごうとした。が、猛烈な抵抗に遭い、蹴り倒された。そこへ包丁を持ったおっさんが現れて形勢逆転。

警備員はビビり、長机を楯に逃げようとした。おっさんは容赦なく包丁で刺しまくり、木下も特殊警棒で殴りまくって血達磨にした。さすがにヤバイ、と思ったが、興奮したおっさんが、刺すぞ、殺すぞ、と脅し、テンションは一気にマックス。木下も怒声を上げ、特殊警棒を叩きつけ、Ｖシネマを真似た巻き舌で脅した。

ぐったりした警備員が無抵抗になり、命乞いをする姿が面白かった。自分が無敵のスーパーマンになった気がした。

金庫室には山と積まれた現金収納袋が百個近くあった。ロックを解いた正面玄関からおっさんと一緒にベンツのトランクに運び入れながら、重くて辛くて、途中で息が上がり、もうイヤになった。

おっさんも苦しそうに顔をしかめている。どうした？　左の軍手が真っ赤だ。警備員とやり合ったときケガをしたらしい。それでも脂汗を垂らし、愚痴も文句も言わず、右手一本で重い現金収納袋を運んでいく。木下も仕方ないからせっせと運び、トランクに入りきらなかった分は後部座席に詰め込み、なんとか終わらせた。

汗みどろの疲弊しきった身体に、缶コーヒーが美味かった。現金収納袋は千円札と硬貨がほとんどだった。後で強奪金の総額が六億円と判り、そんなもんだろう、と思った。

営業所襲撃から約一時間後の午前四時過ぎ。入間の倉庫。夜半から降り出した雨は豪雨となり、スレート葺きの屋根を容赦なく叩く。

ドラムのような雨音が響く空中庭園。レインボーカラーのハンモックに横たわり、一睡もできないまま待機していた小嶋の許に電話が入る。乱暴者の猪瀬遥だ。携帯を耳に当てるなり、興奮したダミ声が轟いた。

「アニキ、ミカン狩り、無事終わったみたいですっ」

瞬間、ぐんと頭に血が上った。よっしゃあ、と拳を握り、ガッツポーズをつくる。視界が揺れる。バランスが崩れ、あっけなくハンモックから転げ落ちる。が、痛くない。やったあっ、と叫ぶ。立ち上がり、ばんざーいっ、両腕を振り上げて万歳三唱。カネだ、二億の現ナマだあっ、これで惨めな生活ともおさらばだっ。

真夜中、豪雨に叩かれる倉庫の空中庭園で小嶋は絶叫し、狂喜乱舞した。驚いたスティーブが黄金色の光を振りまいて暴れる。

アニキ、ちょっと聞いてください、と握り締めた携帯からダミ声が懇願する。

「まだ続きがあります」

言葉のトーンが沈む。小嶋のテンションも下がる。

「ちょっとマズイことがあって」

なにぃ。小嶋は携帯に嚙みつくようにして問う。

「カネがなかったのか？」

ちがいます、と慌てた声が返る。

「カネはあったんですが、実行犯の一人がケガをして戻ってきたらしくて」

瞬間、真っ黒な暗雲が垂れ込める。マズイ。よく判らないが、非常にマズイ。

「宿直の警備員と揉めたのか？」

「詳しいことが判ったら、また連絡します」

携帯が切れる。なにがあった？　警備員は強盗に抵抗しないよう、教育されている。実行犯がてんぱったのか？　そもそも、実行犯はだれだ？　何人でやった？　冷静になれば知らないことばかりだ。不安が黒い波となって押し寄せる。冷や汗が垂れ、心臓の鼓動が激しくなる。

電話だ。巽雅也と日高大洋。マブダチ二人だ。震える指で番号を呼び出し、送信する。巽は七コールで出た。

「小嶋くん、どうしたの？　こんな時間に」

寝ぼけ声が耳朶（じだ）を舐める。少しムカつく。六日前、梶谷との商談が成立した時点で巽と日高には連絡してある。二人とも、いよいよか、と興奮を隠せない様子だった。普通、この非常識な時間に緊急電が入ればピンとくるだろ。

湧き上がる怒りを抑えて告げる。

「ミカン狩り、終わったみたい」

うっそお、マジやったのか、信じらんねえ、ばっかじゃねえのー、と素っ頓狂な声が返る。ちくしょう、ひとの気も知らねえで。

「詳しいことが判ったらまた連絡するけどさ」

小嶋は大きく息を吸い、一拍おいて続ける。

「日高くん、どうしてんだろ」

ああ、あいつはなあ、と笑い混じりの声が返る。

「キャバ嬢の彼女とバリ島に行ってる。マジックマッシュルーム、食いまくって、二人で宇宙までぶっとぶんだってよ」

なんだとぉ？　あまりの呑気さに頭がクラクラする。

「じゃあおれ、もう少し寝るんで」

携帯が切れる。はあ、と嘆息し、その場に立ち尽くす。

強奪金六億円をシルバーベンツのトランクと後部座席に押し込み、犯行現場を後にした渡利透は途中、パチこと木下正明と別れて帰還。ベンツをいったん茨城県つくば市の中古自動車店の駐車場に停め、パジェロミニでやって来た梶谷と合流した。

激しい雨は小降りになり、音もなく辺りを濡らす。辛気臭い夜明け前の駐車場で、梶谷は驚きの顔で迎えた。

「やったな」

「たいしたことねえよ」

もう敬語を使う必要はない。おれとおまえは対等だ。梶谷は憮然としたが、それも一瞬だ。黒い血に染まった左の軍手に気づき、顔をしかめる。

「ケガをしたとは聞いたが——」

苦い面でかぶりを振る。

「ひでえな」

「こんなもん、屁でもねえ」

渡利は黒い軍手を握り締める。現金強奪に成功したのだ。時が経つにつれ、アドレナリンが全身をかけめぐり、さして痛みも感じない。まして、常に自分を見下してきた梶谷の目の前だ。気分は昂揚するばかりだ。冷たい霧雨が気持ちいい。唇の水滴をぺろりと舐めて言う。

「それより、カネをさっさと移し替えようぜ。社長も首を長くして待ってんだろ」

シルバーベンツは熱々の犯行車輛。あっちっちのホットカーだ。ほとぼりが冷めるまでこの中古自動車店に隠しておくことになった。

　ベンツのトランクを開けた。ぎっしりと詰め込まれた現金収納袋に、梶谷の目が丸くなる。ますます気分がいい。

「千円札と硬貨が多いから重てえぞ」

　ごくり、と梶谷の喉が鳴る。

「入りきらなかった分は後部座席にある」

　梶谷の目が泳ぐ。ざまあみやがれ。

「万札はこのへんだな」

　指でトランク右隅の収納袋を示す。

「おれがまとめといてやったから」

　梶谷が固まる。渡利はそっくり返って告げる。

「とりあえず、社長のとこへ五個ばかり持ってけばいいだろ。あんたのクルマに運んでくれや」

　梶谷が険しい目を据えてくる。渡利は正面から受け止める。が、睨み合いは十秒も続かなかった。梶谷は目をそらし、左手、使えねえもんな、と自分に言い聞かすように呟く。

収納袋をせっせとパジェロミニに移し替える梶谷を眺め、さっさとしろよ、この野郎、と声に出さずに罵る。渡利は叶うなら、腹を抱えて笑いたかった。ええ、見たか、このヤクザ野郎、おれはやったぞ、しかもかっぱらった現ナマは二億どころじゃない、もう貧乏くせえ人生とはおさらばだ。

強奪金の一部を積んだパジェロミニで埼玉県三郷市の梨田の会社へ向かう。常磐自動車道を使い、三十分で到着した。

雑居ビルの二階が事務所で三階が社長室。梶谷は社長室のデスクに札束を並べた。傍らに立つ渡利が満足そうに眺めている。一億円余りの現ナマだ。黒革のチェアに沈み込んだまま、驚きのあまり声も出ない梨田に、渡利は胸を張って報告した。

「ベンツのなかにはこの五倍くらいのカネがあります」

頭がクラクラする。少なくとも五億。梶谷はそっとデスクに手をおき、興奮と驚愕でどうにかなりそうな身体を支えた。

「すっげえっ」

梨田は破顔一笑、爆発するような笑いを轟かせ、跳ねるように立ち上がる。

「おいおいおいっ、透ちゃん、そんなに盗ってどうすんだよ」

渡利の肩をバンバン叩く。渡利はニヤつき、嬉しそうに言う。

「でも社長、せっかく金庫室に入ったんだから、全部持ってこなきゃもったいないじゃありませんか」

「大事件になっちゃうだろ、ヤバイよ、半分返して来いよ、ごめんなさーい、やりすぎました、うちの社長にこっぴどく怒られちまいましたから返しまーす、てさ、頼むよ、透ちゃん」

実行犯グループのボスの梨田は、渡利が仲間と二人で押し入ったことも、包丁を購入したことも知らない。ゴーサインを出すと、あとは勝手にやってくれ、と言わんばかりの丸投げだった。ところが現ナマを目にした途端、このハイテンションだ。

躁状態の梨田を前に、梶谷は笑うしかなかった。

「まずはその手、なんとかしなきゃな」

梨田は黒い血に染まった左手をあごでしゃくり、一転、深刻な表情で言う。

「おめえも頑張りすぎたんだよ。宿直の警備員とやり合ったのか？」

ええ、まあ、と渡利は頭をかく。

「ちょいと包丁で刺しました。殺してはいないと思いますが」

自信なげに答える。

「生意気な警備員で、突然、刃向かってきやがったんです」

「そりゃあ警備員が悪いな。おまえはまったく悪くない。しかし——」

梨田は忌々しげに舌打ちをくれる。

「死なきゃいいけどな」

梶谷は小さくかぶりを振った。激しい後悔が胸を刺す。やはり渡利に実行役を振るべきではなかった。責任の大半は梨田にある。が、当人はもうそれどころではない。一億からの現ナマを前に、感情のコントロール機能がぶっ壊れている。

「終わったことを悩んでも仕方ねえな」

両手に札束をつかんで頬ずりし、目を細めてのたまう。

「終わりよければすべてよし、だ。透、気にすんな。おまえのケガ、特別におれの知り合いの医者に診てもらおう」

腰をかがめ、札束をさっさとボストンバッグに放り込む。全部おれのもん、と言わんばかりだ。

「そんで帰りにおまえの好きなもん、買ってやっからよ。新しいクルマ、欲しいんだろ。あのボロベンツは遅かれ早かれ、処分しなきゃならねえからな」

さあ、行こう、と渡利の肩を抱き、パンパンに膨らんだボストンバッグを片手に高笑いを轟かせながら、事務所を出て行く。

一人残された梶谷は不安でならなかった。重傷を負ったという警備員。もしかして、致命的なヘタを打ったのではないか？　異様にテンションの高い梨田も気になる。そしてもっとも肝心なこと。おれのカネはどうなる？　正当な報酬は得られるのか？　小嶋と猪瀬に分け前もやらなきゃならない。

昼近く、梨田は金色のホンダ・オデッセイを運転し、渡利を助手席に意気揚々と帰ってきた。四百万はするピカピカの新車だ。渡利へのプレゼントだという。ボストンバッグを抱えた梨田の高笑いは止まらなかった。


小嶋は慌てた。その日の午後になり事態は急展開。再度、猪瀬遥から電話があり、驚くべきことを伝えてきたのである。

「カジが今日の夕方、分け前の一部を取りに来てくれないか、って言ってるんですけど、アニキ、どうしましょうか」

夢か、とほおをつねりたくなった。今日の今日でもう、分け前が入るとは。散々心配したことがバカらしくなった。平静を装って返す。

「来てくれってことなら、行くしかねえだろ。で、どこまでよ」

「三郷辺りがいいみたいですけど」

「了解。遥、おまえ、迎えにこいや」

「ラジャーッ」

全身が熱くなる。強奪金の分け前を手にしてしまえば、この秘密基地には戻れない。ほとぼりが冷めるまで身を隠すことになるだろう。小嶋は、落ちつけ、焦るな、と己に言い聞かせ、手持ちのワルのネットワークをいま一度、チェックする。だれか適当なやつはいないか。冷静に判断し、都心に住む後輩に助けを求めることにした。

「ボス、ごくろうさんです」

電話の相手は竹井信太（たけいしんた）。生涯無職のぷー太郎、を理想とする筋金入りの遊び人で、歳は三十を少し越えたくらいだが、二十歳そこそこにしか見えない童顔の色男だ。ホームグラウンドは新宿、中野、荻窪界隈。小嶋との付き合いは長く、極道時代からシノギがらみで頻繁に使ってきた、フットワーク抜群の頼りになる男だ。

年子の兄、総太（そうた）もいる。渋谷の現役の極道で、ケンカが抜群に強く、こっちはワル同士の揉め事で幾度か世話になってきた。

「信太、急ぎで悪いけど、今夜からしばらく落ちつけるとこ、当たってくんねえかな」

「場所はどの辺りですか」

「都内。交通の便が良いとこで頼むわ」

「判りました。他には」

頼りない弟分の顔が浮かぶ。どこかで使えるだろう。

「望月に電話させるから、合流しといて」

「了解っ」

威勢のいい声が返り、次いで声を潜める。

「ところでボス」

いやな予感がした。

「すっげえタタキがあったらしいですよ」

携帯を握る手に汗が滲んだ。信太は探るように問う。

「ボスの地元らしいっすけど――立川辺り」

小嶋は思わず奥歯を噛み締めた。まだニュースでも報道されていない。ワルの情報網に舌を巻きつつ、返す。

「そうかい。知らねえな」

いずれ判るにせよ、ここはシラを切るに限る。

「そうですか。じゃあ、後(のち)ほど」

電話が切れる。急がなければ。この分だとあっという間に闇社会に広がり、どんなトラブルに巻き込まれるか判ったもんじゃない。パシャン、と水がはねる。スティーブだ。異変を察知したのか、こっちをすがるように見ている。そうだ、こいつもどうにかしなきゃ。

第五章　潜伏

午後一時過ぎ。張り切ってやって来た猪瀬を使い、二人で大型の発泡クーラーボックスを運び出す。

「なんすかこれ」

なかでゴトゴトと動く。

「化け物みてえなサカナだよ」

うえっ、と目を剝き、食うんですか、と囁く。小嶋は苦笑して返す。

「おまえじゃあるめえし」

シーマの後部座席に入れ、出発した。埼玉県三郷市に向かう途中、猪瀬に指示して入間川沿いの運動公園に向かう。市民球場の駐車場に停め、発泡クーラーボックスを抱えて河原に下りる。昨夜の豪雨のせいか、澄んだ高い青空が広がっている。こういうのを五月晴れ、というのだろうか。

「アニキ、サカナ、放すんですか」

「そうだ。淡水魚だから大丈夫だろ」

大丈夫かなあ、と乱暴者は心配げに返す。

「なんかほら、生態系を乱すってんで外来種を無闇に放しちゃいけないみたいですよ。多摩川なんか、ピラニアが増えて〝タマゾン河〟なんて呼ばれてるじゃないっすか」

「ピラニアは食えるんだろ。見た目、ガタイのいいエボダイみてえだし」

どうなんだろ、と太い首をかしげる。

「ブルーギルとかオオクチバスははらわた抜いて塩振って焼き魚にすると美味いですけどね。ブラックバスはそうでもねえけど、アメリカザリガニはから揚げにして食うとビールに合いますよ」

生態系の乱れねえ、と小嶋は鼻で笑う。

「おれら、人間社会の生態系、ガンガン乱してるワルだろ。いまさらなに言ってやがる」

ちげえねえ、と札付きの乱暴者がさも愉快げに笑う。水辺でクーラーボックスをそっと下ろし、蓋を開ける。スティーブは浅く張った水のなかでじっとしていた。これからの試練を思うと胸が熱くなる。

じゃあな、と告げ、クーラーボックスを、せーの、で一気にひっくり返す。スティーブは大きくはね、入間川にダイビングする。水滴がキラキラ光る。スティーブはゆらりと巨体をくねらせ、川底へと吸い込まれるように消えていった。あっけない別れだった。

「生きていけますかね」

ぶっ殺す、が口癖の乱暴者がぼそりと言う。小嶋はスティーブが消えた藍色の川面を眺めながら返す。

「やつは狭い水槽からでっかい川へ飛び込んだんだ。モノホンの自由を得たんだ。自由はラクじゃねえぞ。イコール自己責任だ。これからは自分で食いもんを探し、危機を乗り切っていかなきゃな。おれたちみてえによ」

いい言葉っすねえ、と厳つい舎弟分は感に堪えぬようにダミ声でうなる。

「手帳にメモしとこうかな」

「漢字、書けねえだろ」

そんなことないすよお、と口を尖らす。

「これでもおれ、四人のガキの父親ですからね」

頭が痛くなる。二人、シーマに戻り、三郷方面に向かう。途中、梶谷から電話が入り、合流地点は三郷市の北、吉川市になった。間をおかず、竹井信太からも連絡があり、中野区中野新橋に隠れ家が用意できた旨を伝えてきた。万事順調だ。吉川市にはナビのガイドで一時間で到着した。

午後三時。実行犯グループの梶谷はスーパーマーケットの駐車場に停めたカローラのなかで待っていた。シーマを認めるなり、出てくる。

梶谷は周囲に警戒の視線を飛ばし、小声で言う。

「場所、移動しますので。すぐ近くですから」

一気に緊張感が高まる。いよいよだ。

「それと、ミカンは段ボール箱二つに入れてありますけど、そのまま持っていかれますか」

もちろんです、とうなずく。そうそう、と猪瀬が電気ショックを浴びたゴリラみたいにあごを上下させる。

う。

「じゃあ行きましょうか」

背を向けようとする梶谷を呼び止める。なんです、と怪訝そうな顔だ。小嶋は問う。

「一人、ケガをしたって聞きましたけど」

「問題ありません」

それっきり黙り込む。とりつく島がない、というやつだ。

「じゃあアニキ、行きましょうか」

猪瀬が袖を引く。小嶋は振り払い、続ける。

「判りました。無事、終わってよかったです。お疲れさまでした」

慇懃に頭を下げる。大したことないですよ、と梶谷は逃げるように横を向く。なんだろう。梶谷の態度がおかしい。妙によそよそしい。小嶋は次の展開を待った。

梶谷は苦虫を嚙み潰した面で言う。

「カネ、ちゃんと用意してありますんで」

言い訳じみた言葉もおかしい。ワルの直感が不自然なものを感じ取る。が、とりあえずカネだ。すべては現物を拝んでからだ。

「梶谷さん、申し訳ないのですが、ミカンを入れるバッグを買いたいので、途中どこかに寄ってください」

「お安いご用です」

これ幸いとばかりにさっさとカローラに乗り込み、発進する。小嶋と猪瀬はシーマで後を追った。ＪＲ武蔵野線吉川駅近くの安売りファッションセンターで大きめのカギ付きボストンバッグを二個買う。

その後、中川沿いの道路をしばらく進み、住宅街に入る。カローラはさびれた洋品店の駐車場に入り、停車する。

運転席から出てきた梶谷は駐車場横の小道を指して説明する。

「この道をまっすぐ行くと突き当たりますから、そこを右折。しばらく進むと二階建てのアパートがあります。そこの駐車場におれのパジェロミニが停まっています。その後部にミカン箱が積んでありますから」

なんの力みもない言葉に、かえって緊張感が増す。

「狭いところなので、おれはここで待っています。これがキーです」

言われるまま小嶋は受け取る。

「遥、よろしく頼むぜ」

梶谷は運転席に向けて軽く敬礼を送る。猪瀬は、おう、とダミ声で応えながらも、厳つい顔が蒼白だ。

シーマは徐行し、左右にブロック塀が迫る小道を進む。黒々とした不安が押し寄せる。なぜ分け前の受け渡しに梶谷は来ない？

罠だったりして、と乱暴者が囁く。なんだと。

「警察か？」

ちがいます、と即座に答える。

「カジはサツのSになるような男じゃありません」

突き当たりを右折する。さらに狭くなる。車体をこすらないよう、慎重に進む。

猪瀬のダミ声が震える。

「分け前を払うのが惜しくなって、おれらをまとめて始末したりして」

「冗談言うな」

「あいつはヤクザの知り合いがいっぱいいますから」

厳つい顔が恐怖にゆがむ。こっちまで怖くなる。小嶋はつとめて朗らかに言う。

「おまえのマブダチだろ。小学中学一緒の」

いやいや、と太い首を振る。

「裏社会の連中は億のカネがからめば関係ないっすよ。親兄弟でもあっさり殺す」

ぞくりと背筋が寒くなる。低いエンジン音が響く。両側からブロック塀が迫る隘路。前後をクルマで押さえられれば逃げ道はない。やられたか？　股間が縮み上がるような恐怖が襲う。息を殺し、そっとルームミラーで背後を確認する。

うわあっ、猪瀬が叫ぶ。なんだ、どうした？　一瞬、パニックが襲う。頭を天井にぶつけ、いってえ、と両手で抱える。

あれあれ、と猪瀬が前方を指さす。二階建てのアパートの前、砂利敷きの駐車場があり、パジェロミニが停まっていた。

ほっと安堵し、次いで怒りが爆発する。ばかやろう、平手で頭を思いっきりはたく。が、無駄に頑健な乱暴者はまったく応えない。逆にこっちの手が痛くなった。

「アニキ、やったぜ」

喜色満面だ。涙まで流している。

「ダチのことを疑うんじゃねえよ。こっちまで心配しちまうだろ」

冷や汗をラルフローレンのハンカチで拭い、腹立ちまぎれに説教をかます。

「いいか、ダチってのはとことん信じてこそダチなんだよ。おれら、カタギの連中とちがってダチくらいしか財産ねえだろ。もっと大事にしやがれっ」

いやあ、いい話だなあ、とダミ声でほざく。

「これも手帳に書いとかなきゃな」

おら、いくぞっ、と助手席のドアを蹴り開け、パジェロミニに大股で歩み寄る。キーで後部ドアを開ける。うお、と声が出た。段ボール箱が二つ。放り込んだズクが剝き出しだ。

「いったいなに考えてんだ」

大慌てで段ボール箱を抱える。茫然と突っ立つ猪瀬の尻を蹴飛ばす。

「遥、ぼさっとすんじゃねえよっ」

ああ、とスイッチが入ったロボットみたいに動く。二人して段ボール箱一個をシーマの後部座席に運び入れる。猪瀬は逞しい上半身を突っ込み、ズクを数える。銭勘定にうるさい悪徳闇金業者にしか見えない。舎弟分の表情が渋くなる。

「千円のズクが多いっすね」

「万札もけっこうあるだろ」

まあ、そうっすけど、と首をひねる。

「どうした」

「トータルで四千万くらいですよ」

四千万の現ナマ。瞬間、頭が真っ白になった。すっげええ。

「上等じゃねえか、さっさと帰るぞっ」

　雲の上を歩いているような感覚のなか、舎弟分をシーマの運転席に押し込み、後部座席に入る。重ねた段ボール箱をボストンバッグ二個で覆い、とっとと行きやがれ、と叫ぶ。

　洋品店の駐車場で待っていた梶谷に礼を述べ、一路、東京を目指す。向かうは中野新橋。ワル仲間の竹井信太が用意したマンションだ。傍らに収穫が済んだミカン箱。心地よい昂揚感が小嶋を包む。

「アニキ、ちょいといいですかね」

　猪瀬が不機嫌な面で言う。

「そこに仮に四千万あったとして、少なくないっすか」

　はあ？　小嶋は陽気に返す。

「欲こきやがって、この富裕層がよお」

　いや、そうじゃなくってですねえ、と乱暴者の舎弟分は困り顔で言う。

「立川の鰻屋で打ち合わせしたとき、おれらの取り分は三割でしたよねえ」

　そうだ。仮に二億として、二割の四千万をネタ元に。残り一億六千万のうち三割をおれたちが戴く――。

「だから四千八百万じゃないっすか」

ああ。ぱちっと音がして回線が繋がる。そういうことか。

「それがどうした」

余裕たっぷりに返す。

「強奪金、二億より少なかったんだろ」

そうっすかねえ、といまイチ納得してない風だ。

「たとえ満額の二億かっぱらったとしても実行犯の一人はケガしてんだろ。想定外のリスクと苦労があったってわけだ。その分、気前よくボーナスでくれてやろうぜ」

万札のズクを触りながら言う。どうしようもなく気が大きくなる。

「遥、あんまり爪、伸ばすんじゃねえよ。四千万と四千八百万、誤差の範囲だろ」

自分がとんでもない大物になった気がする。言葉がさらに勢いを増す。

「だからダチを信じてやれって。梶谷の野郎、おまえのマブダチなんだろ。コマいこと言うんじゃねえよ。そんなんじゃ出世できねえぞ。ええっ」

判りました、と猪瀬は不承不承うなずく。シーマは三郷インターから首都高速に上がり、東京を目指す。

た。

　それは辺りも薄暗くなり、首都高速の渋滞表示板も赤く点灯し始めたころだった。

　後部シートで小嶋が現金をボストンバッグにせっせと詰めていると、携帯にメールの着信があった。巽雅也からだ。作業の手を休め、メールをチェックする。

〈小嶋くん、立川のタタキの速報がネットニュースで出ている。もうビックリだぜ、スッゲーけど、チョーヤッベーよ！〉

　なにがあった？　震える指で携帯を操作し、事件速報を見る。

《本日、十二日未明、午前三時頃、立川市内の警備会社で強盗事件が発生――》

　続きを読み、絶句した。

《警備員男性一名が犯人ともみあいになり、刃物で切りつけられるなどして、全治約二ヵ月の重傷。犯人は複数人と思われ、トイレの窓から侵入し、金庫室に保管されていた現金約六億円を奪い、逃走。いまのところ目撃者はおらず、警察は緊急配備を敷いて捜査を進めています》

　うっわあ。二ヵ月の重傷に、ろ、ろくおくだと。

「遥、まじやっべえぞ」

「なにがっすか」

「いま携帯ニュース見たらよ、かっぱらった銭が六億円で、警備員のケガ、二ヵ月の重傷だってよ」

うええっ、と猪瀬が素っ頓狂な声を張り上げる。

「それ、まじっすかっ」

「ニュースだと犯人は複数だと言ってるけど、何人で行ったのか聞いてるか」

「たしか二人だと言ってました」

「二人、一緒にテンパって警備員を刺しまくったのかよ。こりゃあ、完全なド素人だな。頭に血ぃ上っちまって、加減もへったくれもなかったんだろ」

「それよりアニキぃ」

ぶっ殺す、が口癖の乱暴者が泣きそうな声で訴える。

「六億ですよ、六億」

そうだ、六億だ。

「六億もかっぱらっといて、たったの四千万ですか」

ルームミラーの中で顔を真っ赤にした猪瀬が吠える。

「おれ、絶対、許せねえっ、ふざけんなっ」

小嶋の脳裡に浮かぶ光景がある。合流した際の梶谷の態度だ。妙によそよそしかった。後ろめたさゆえの態度、と思えば納得できる。

「六億ならおれらも一億以上の分け前がなきゃおかしいな」

メチャクチャおかしいっすよ、と猪瀬が返す。

「四千八百万の三倍で——えーと、一億四千四百万っすよ、ばかやろうっ」

ハンドルを拳で殴る。ゴン、と鈍い音が響く。

「アニキっ、おれら、舐められてんじゃないっすか」

言外に、ボスのあんたがしっかりしてくれなきゃ、との非難がある。

「誤差とかなんとか、余裕こいてる場合じゃないっすよ、これはビジネスなんですからね、おれらの人生がかかってんだっ」

判った、そう興奮すんな、と発情したゴリラのようにいきりたつ舎弟分を慰め、現金をボストンバッグに詰め替えながら、やけに千円札のズクが多いな、と思った。やられたかも。


竹井信太が指定した合流地は中野新橋のコンビニ駐車場だ。ところが、待っていたのは信太の兄で極道の総太。信太と望月は少し遅れるという。初対面の乱暴者、猪瀬をブランドもののスーツでばっちり決めた総太に紹介し、そのまま隣に建つマンションに向かう。

見るからにアウトローの猪瀬と、エリートサラリーマンのような総太。小嶋はいまさらながら、己の交友関係が無駄にバラエティに富んでいることを痛感した。だれとでも仲間になれる社交性と陽気な性格。それは自分の武器であり、欠点でもある。

交友関係が広いほどシノギがスムーズに進む反面、秘密は漏れ易く、疑われる可能性も高くなる。現に竹井信太は疑っている。電話を入れた際、立川のタタキを探ってきたのがなによりの証拠だ。総太も弟から聞いているはず。油断は禁物だ。まして相手は現役の極道。なにを企んでいるか判ったもんじゃない。

五階建てのマンション。総太が用意した部屋は二〇二号室。生活感のないワンルームだ。

「今日のとこはここで我慢してください。明日は信太の方でもう少し広いとこが用意できると思います」

総太は慇懃に言うと、事務的に訊いてくる。

「ボス、他になにか必要なものはありますか」

「携帯が欲しいな。トバシのやつ、三台ほど」

トバシとは架空名義契約の携帯電話のことで、アウトローの必須アイテムである。

「了解です」

「じゃあ、とりあえず」

小嶋はエルメスのセカンドバッグから万札の束を抜き出して渡す。

「当座のお礼ということで二十万ほど」

そりゃどうも、と総太は受け取り、ぴゅう、と口笛を吹く。ピン札を扇の形に広げ、弾くようにして数える。

「はい、二十万ぴったり」

懐に入れ、意味深な目を向けてくる。

「ボス、随分と羽振りがいいみたいっすね」

隣に突っ立つ乱暴者をちらりと見やり、あごをしごく。

「強そうなボディガードもいるし、こりゃあやっぱなんかあったな」

眉間に筋を刻み、拳を固める猪瀬を制止し、小嶋は笑顔で返す。

「パチスロと競馬で大当たりしてな。たまにはこういうこともあるだろ。日頃の行ないがいいんだから」

そりゃそうだ、おめでとうございます、と快活な笑みを浮かべて拍手し、渋谷の極道は暇を告げて去っていく。

「なんだ、ありゃあ」

猪瀬がダミ声で凄む。

「弟じゃなくて、なんで兄貴が来るんだよ」

「事情があるんだろ」

「かっこつけやがって」

「おまえとは人間の種類が違うんだよ。渋谷がシマの都会派ヤクザだからな」

多摩の乱暴者の肩を軽く叩き、慰める。

「十中、八九、察してるだろ。カンのいい兄弟だから」

猪瀬は目を丸く剝く。

「六億円を、ですか」

「ニュースのチェックも怠りないマメなワルだからな。多摩の田舎極道とは違う。だが、心配しなくていい。相応のカネを渡せば口は耐火金庫並みに固い兄弟だ」

猪瀬は忌々しげに舌をならし、「人間が増えた分、分け前が減りますね」と愚痴る。

「二億が六億になったんだ。一人くらい大したことないって」

明るく励ましてやると、厳つい顔をしかめて返す。

「おれはアニキみてえな楽天家じゃないから」

不機嫌な乱暴者をとりあえず、メシに誘う。近くの牛丼屋でビールを飲み、マヨネーズをたっぷりかけた大盛りスタミナ丼をかっこむ。

帰り路、軽い調子で言う。

「じゃあ、メシも食ったし、カネを部屋に入れるか」

猪瀬はシーマのキーを投げて寄こし、「おれ、部屋で待ってますから」と言うなり、さっさとマンションに入ってしまった。

てめえこそ舐めんなよ、と腹のなかで凄み、シーマに向かう。後部座席からボストンバッグ二個を引き出す。重い。四千万のうち、万札は千五百万くらい。残りは千円札。併せて重さが三十キロくらいある。万札だと一億でも十キロ、四千万ならたったの四キロだ。万札だけにしろよ〜、と贅沢な愚痴を漏らしながら、ずっしりと重いボストンバッグ二個を両手にぶら提げ、えっちらおっちら運ぶ。

部屋に着いたときは汗が全身を濡らし、両腕がパンパンだった。

「すっげえ、こんなにあるんですか」

猪瀬がジッパーを開き、驚きの顔だ。たしかに部屋の明かりの下で改めて見ると、札束の山はこの世のものとは思えない。

「アニキ、輝いて見えますねえ」

乱暴者が目を細める。現ナマを前に、すっかり機嫌も直ったようだ。

「アッチッチのホットマネーだからな。触ってみろ、火傷(やけど)すっから」

あっちぃ、と右手をブンブン振る。

「アニキ、最高っすよ」

四人の子を持つ貧しいワルが笑う。

「まだまだこんなもんじゃねえぞ」

小嶋は余裕たっぷりに言う。

「なんせ、元が六億円だからな。日本犯罪史上、最高額らしいじゃないの。おれら、日本一だぜ」

厳つい顔から笑みが消える。小嶋はさらに煽(あお)る。

「しっかり、残りを頂戴しなくちゃな。これは当然の権利だ」

もちろんです、と猪瀬は拳を握り、ファイティングポーズをきめる。

「おれ、カジにちゃんと言いますから」

目が血走り、ほおが赤らむ。小嶋は満足げにうなずく。

「その意気だ、遥。おまえはやればできるんだよ」

ひと呼吸おいて言う。

「殺されない程度に頑張れや」

とたんに肩を落とし、目を伏せる。小嶋はバラの万札を十枚と千円札を二十枚抜き出し、「とりあえず、ガソリン代を含む経費な」と渡す。

「ガキどもに美味いもん、食わせてやれよ、お父ちゃん」

どうも、と頭を下げ、乱暴者が涙ぐむ。生きててよかった、とダミ声で呟く。なにを大げさな、と鼻で笑い、小嶋は胸の中でごちる。生きてりゃいいこともあるもんだぜ、遥。


その夜、午前零時近く。弟分の望月翔と遊び人の竹井信太がやって来た。

「望月、今日、こんなん拾っちゃったよ。どうしよう」

ボストンバッグに詰まった札束を見せると、ああー、と目を丸くして驚き、絶句。酸素を求める金魚みたいに口をパクパクした後、ボスー、と空気が抜けたみたいな声を出し、次いで顔を真っ赤にして訴える。

「どこで拾ったんすか、おれにも場所、教えてくださいっ」

猪瀬が、トロモチ、あっほー、と腹を抱えて爆笑し、信太はすべてを察知したのかニヤニヤ笑っていた。

朝イチで用事があるという猪瀬が帰り、信太も、明日の移動の打ち合わせをして帰った。渋谷に新しい隠れ家を用意したという。望月だけが残る。

「望月、あいつら使えるだろ」

二人きりになったワンルームで気のおけない弟分をからかう。

「おまえとはえらい違いだな」

そんなことないっすよ、と唇を尖らす。

「おれだってやるときはやりますよ」

小鼻を膨らませ、意気込んで言う。

「ボス、おれを見捨てないでくださいね」

真剣な顔だ。

「なんかボスがとんでもなく偉くなっちまったみたいで」

ボストンバッグにちらりと目をやる。

「すっげえカネ、どっかからザクザク持ってきちゃうし」

おかしい。笑える。こいつはまったく判っていない。一人だけ蚊帳の外だ。やっぱトロモチだな、と再認識し、次いで無性に愛おしくなった。

「望月、おまえはおれの秘書兼運転手みてえなもんだ」

無駄にハンサムな、便所の百ワット顔がぱっと輝く。

「毎日毎日、おれを秘密基地まで迎えにきてくれた。なかなかできることじゃない。そういう恩を忘れるほど、おれは人でなしじゃねえぞ」

ぼすぅ、と眉を八の字にして目を潤ませる。小嶋は朗らかに励ます。

「明日も運転、しっかり頑張ってくれや。期待してるぜ」

はい、とうなずき、両手を顔に当てて泣き出す。おれ、ボスのためなら、と嗚咽しながら言う。

「北海道でもアメリカでも行きます。どこまでも運転します」

そうか。なんか胸がジンとした。こいつもやればできるかも。

第六章　いかした女のいる街で

翌日、午前十時。望月のスカイラインで渋谷に向かうなり、現実は甘くない、と思い知った。

「ぼすぅ、どっち行けばいいんでしょう」

入り組んだ区道を徐行しながら困り顔の望月が言う。はあ、とため息をつき、ナビを示す。

「カーナビ、セットしてんのになんで訊くわけよ」

「ナビ見てると方向が判んなくなっちゃうんです」

「音声でちゃんと教えてくれんだろ」

「声に集中するとナビが見えないし」

　結局、小嶋があっちだこっちだ、と指示して渋谷駅前に到着。うわあ、着いた、と望月が感動の面持ちで言う。

「やっぱボスはすげえや」

「おれじゃなくて、ナビが凄いんだよ。いい加減、覚えてくれや」

はいっ、といつも返事だけはいいトロモチに指示してスカイラインを道玄坂のパーキングに入れる。

　パチンコでもやってこい、と万札二枚を握らせ、なにかと厄介な弟分を追い払う。竹井信太に電話を入れると、こっちは打てば響く反応の良さで南口の喫煙所を指定する。

　ボストンバッグ二個をスカイラインのトランクに入れたまま、手ぶらで向かう。渋谷駅南口のキヨスク前で立ち止まる。店頭に飾られたスポーツ紙のサンプル。赤い文字の見出しが躍る。

《立川六億円強奪事件！　冷酷非情な犯人、警備員瀕死の重傷》《二人組強盗、金庫室の現金をすべて持ち去る》《日本犯罪史上、最高の被害額六億円　凄腕の犯人グループはすでに海外逃亡か？》

やった、やっちまったぜ。海外逃亡だと？　そんな気の利いた野郎どもがテンパって警備員をめちゃくちゃ刺しまくるかよ、後先考えない短気なトーシロに決まってんだろ、なにも判ってねえ。

興奮と快感が背筋を貫く。周囲を行き交う人の群れ。颯爽と歩く真面目そうなビジネスマンに、じゃれ合う高校生たち。着飾ったおばちゃんたちのグループ。だれも、そばに犯人がいることを知らない。ほら、おれはここにいる、六億円事件の犯人だぞ。

警邏の制服警察官が歩いてくる。さすがにドキドキする。が、さっさと通り過ぎていく。

あーあ、職質をかけたら人生変わったのに、惜しかったねえ、千載一遇のチャンスだったのになあ。警察官の逞しい後ろ姿を見送る。汗水垂らしてしっかり働けよ、地方公務員。

「これ、すげえなあ」

冴えない学生風の二人連れがスポーツ紙を広げ、食い入るように見ている。

「六億だぜ、六億」

「二人組、うまくやったよなあ」

「史上最高額だってよ。いったいどういう連中がやったんだろ」

おれだよ、このおれが絵を描いたんだよ。思わずほおが緩んでしまう。

「ボス」

弾かれたように振り返る。信太が立っていた。ヤクザの兄貴、竹井総太同様、高級スーツをぱりっと着こなしている。その後ろに若い女。瞬間、目が釘付けになった。

鮮やかなピンクのワンピースに、茶の巻き髪。水色のピンヒール。小柄ながら手足の長いスレンダーな身体に、林檎(りんご)くらいの小顔。大きな瞳とぽってりした唇。口角の上がったキュートな笑顔。年齢は二十代半ばくらい。ド真ん中のタイプだった。

女はぺこりと頭を下げ、さくらいみさとですう、と甘い声で挨拶する。

「チェリーの桜に井戸の井、美しい里イモでーす」

なるほど、桜井美里。

「ミサ、とか、ミサト、と呼ばれてまーす」

じゃあ、ミサちゃん、よろしくう、と小嶋は身体をくねらせ、おどけて挨拶を返す。美里はきゃっきゃと手を叩き、陽気なプードルみたいに跳ねて大喜びだ。視界がピンク色に染まる。小嶋はもうノックアウト寸前だった。

「ボス、美里のヤサ、そこなんで」

信太は国道246号を跨ぐ歩道橋を軽快に駆け上がる。ええ、もしかして、この美女の自宅が隠れ家？　ホントにいいのか？

困惑しながらも信太の後から歩道橋を上る。

「ボス、って呼んでいいですかあ」

美里が小首をかしげ、可愛い顔で訊いてくる。もっちのろん、と答え、右手を差し出す。

「ほら、ピンヒール、危ないだろ。おれが支えてやっから」

きゃあ、と跳びはねんばかりにしがみついてくる。甘い香水ときゃしゃな手の感触。柔らかな胸の膨らみ。背筋がぞくっとした。

「信太が言ってたとおりね」

「また、ワルいこと教えてんだろ」

手を繋ぎ、二人で階段を上りながら返す。

「うだつの上がらねえ元ヤクザ、とかなんとか」

ちがうもん、と美里はほおを膨らませて言う。

「ボスは男のなかの男だって」

またまたあ、と照れながらも気分がいい。渋谷名物の長い古びた歩道橋を二人、風を切って歩く。くたびれたリーマンたちが羨望の眼差しを向ける。排ガス臭い渋谷の風も、こうやって若い美女と手を繋いで歩けば爽やかな薫風(くんぷう)のようだ。

桜丘町に入り、青々とした街路樹が茂る坂道を歩く。

「ボス、ここでーす」

見上げると、白亜の高級マンションがそびえている。外資系ホテルのような玄関を潜り、広々としたエントランスを歩き、エレベーターに乗る。十八階で降り、大理石の廊下を歩く。突き当たりの角部屋。

室内に案内され、啞然茫然。黒御影石の重厚な玄関と、五十平方メートルはある明るい一LDK。磨き上げたフローリングに豪華なソファセットとテレビ、オーディオセット。ベランダ付きの大きなガラス戸の向こう、渋谷の街が広がる。西新宿の高層ビル群から六本木ヒルズまで、一望のもとに見渡す、抜群の景観だ。

ふえー、と声が出た。つい二日前まで入間の倉庫に人目を忍んで寝泊まりしていた中年男である。小嶋は度肝を抜かれ、その場に木偶(でく)のように立ち尽くした。

「ボス、ここならしばらく大丈夫ですから」

我に返る。信太が笑顔で言う。

「ゆっくりしていってください、なあ」

美里が、もっちのろん、とうなずく。大きな瞳がじっと見つめてくる。年甲斐もなくドギマギしてしまう。この素敵な美女、なにもの？

「電話です」

信太が携帯を差し出す。

「トロモチくんから」

ウホン、と空咳を吐いて受け取り、耳に当てる。望月の呑気な声が聞こえる。

「ボス、パチンコ負けちまったんで、そっち行っていいっすか」

店グルのゴトでも損を出す男だ。二万円など、熱々のフライパンに落としたバターみたいなものだろう。ダメだ、とつっ返す。

「おれが迎えに行くから、道玄坂のパーキングの前で待ってろ」

「了解っ、わるいっすねえ」

「おれが行くまで絶対に動くなよ、判ったな」

念押しして携帯を閉じる。

「ボス、トロモチくんに住所を教えて来させればいいじゃないですか」

信太がもっともなことを言う。が、相手は脳みそが少し溶けた望月だ。

「信太、あいつを待ってたら季節が変わっちまうぞ」

ああ、なるほど、と遊び人は得心顔で言う。

「昨夜も中野新橋に向かってるとき、トロモチくん、おれに道順を訊くんですよ。立派なナビがあんのに」

「だろう。ナビがあるとかえって迷うらしい」

うっそお、と美里が驚きの顔だ。

「ホントだよ。実物、いま連れてくるから」

マンションを出てタクシーをつかまえ、道玄坂のパーキングに向かう。改めて、女の正体が気になる。いったいなにをどうすれば渋谷駅前の豪華マンションに住めるのか。信太と出来ている雰囲気はないし。仮に出来ていても、遊び人の信太の稼ぎでは無理だ。

携帯を開き、望月に電話を入れる。

「ちゃんとパーキングの前にいるか」

もちっす、と元気な声が返る。パーキングが見えた。望月が携帯を耳に当て、真剣な面持ちだ。

「運転手さん」

五十年配の運転手が、はい、と答える。

「あれ、あの白いジャージにサンダル履きの男」

望月がうろたえる。視線を前後左右に無駄に巡らし、こっちを見る。やっとタクシーに気がついたようだ。

「轢（ひ）いちゃってください」

望月は目を剝き、携帯を耳に当てたままパーキングに逃げ込む。

「愉快なお友達ですね」

運転手が微笑む。小嶋は携帯をしまいながら返す。

「でしょう。なかなかいませんよ。はい、これ」

ワンメーターの料金に二千円を渡す。

「余興に付き合ってもらったお礼です」

タクシーを降り、望月を呼ぶ。恐る恐る出てきた弟分は、かんべんしてくださいよ〜、と哀れな声を出す。

「びっくりしたか」

もちろんです、と大きくうなずく。

「ボスはどこまで本気か判んないから」

「おれはいつでも本気だよ」

「ですよねえ」

スカイラインに乗り込み、いつものように指示を出す。望月は緊張の面持ちでハンドルを操作し、大都会だなあ、と渋谷の洒落たビル街とカラフルな雑踏に感心している。面白い。愉快だ。

高級マンション近くのパーキングに停め、トランクからボストンバッグを取り出す。一個を望月に渡すと、よっしゃあ、と受け取ったまではよかったが、すぐに足がよろけ、倒れそうになる。

「ボス、現ナマってこんなに重いんですね」

ばかやろう、と尻を蹴飛ばし、耳元で囁く。

「ポリに聞かれたら終わりだぞ」

真っ青になる。そういう種類のカネですか、と消え入りそうな声で言う。頭が痛くなる。自慢じゃないが、こっちは二日前まで入間の倉庫で居候をしていた男だぞ。まともな稼ぎじゃない、と小学生でも判るはず。しかし、これが望月ことトロモチだ。

十八階の角部屋に戻ると、美里がスパゲティを作って待っていた。赤いウィンナーに玉ねぎ、ケチャップをたっぷり使ったナポリタン。節操のない腹がグーと鳴った。

カギをかけたボストンバッグ二個を部屋の隅に置き、望月を美里に紹介すると、「あなたが噂のトロモチくん」と大笑いされた。信太が望月の数々のエピソードを面白おかしく話していたのだろう。真っ赤になった望月を肴(さかな)に、ソファでスパゲティを食っていると、信太が銀行のキャッシュカード二枚を差し出してきた。

「ボス、これ美里からです」

おおっ、と声が出た。信太が事前に因果を含めたらしい。スポーツバッグ二個の中身も仄(ほの)めかしたのだろう。さすが信太は抜かりがない。銀行のキャッシュカードは帯封の新札をマネーロンダリングするための必須アイテムだ。

「ミサちゃんいいの？」

どうぞぉー、と唇のケチャップを舌先でぺろりと舐める。あ、色っぽい。ずきん、ときた。

「好きなだけ使ってぇ」

おーし。セカンドバッグから万札二十枚を引き抜いて渡す。

「じゃあ、これ、カード使用料ってことで」

美里の瞳が輝く。どうもー、と両手で受け取り、ボス、おっかねもちぃ、とケラケラ笑う。気分がいい。やっぱ世の中、カネだ。二日前の金欠中年男では相手にもしてくれなかったはず。小嶋はカネの威力をいまさらながら痛感した。

測ったように携帯が鳴る。乱暴者の猪瀬遥だ。

「アニキ、朗報っ」

野太いダミ声が破裂する。携帯が割れそうだ。

「カジの野郎、おれがガンガン攻めたら、残金、明日にでも払うって」

よっしゃあ。思わず立ち上がり、ガッツポーズを決める。携帯の奥でハイになった乱暴者がわめく。

「今度は野郎が持ってくるそうです」

小嶋は仁王立ちになり、胸を張って返す。

「当然だろ。午後、渋谷に着いたらおれに電話するよう言っとけ」

「了解っ」

運が向いてきた。窓ガラスの向こう、黄金色の陽射しを浴びた東京のビル街が美しい。これぞ、選ばれし者のみに許されたキングビュー、王者の景色だ。

「ボス、いいことですか」

信太が上気した顔で問う。美里も期待に瞳を輝かせる。望月はスパゲティをからめたフォーク片手に、口を半開きにして見上げる。

「もっちのろん」

腕をまげ、力こぶをつくってみせる。

「とことん、いったるぜっ」

ぼす、かっこいいー、と望月がシャブをきめたサルのように両手を叩く。フォークがはね、スパゲティが飛び散る。

「やっぱおれのボスはチョーかっこいいわ、おれ、死ぬまでついていきますっ、運転手兼秘書、しっかりやりますっ」

やだあ、もう、と美里が細い眉をひそめる。そこらに散ったスパゲティをティッシュで掃除しながら、「トロモチくんもかっこよくなんなよお」と詰(なじ)る。

「ボスに見捨てられちゃうよ、せめてナビくらい使いこなせなきゃ」

信太が「トロモチくん、頑張れ」と笑う。

しゅんとなった望月の背中を小嶋は平手でバンバン叩き、おら、しっかりせんか、トロモチ、と活を入れる。矢でも鉄砲でも持ってこいやっ。小嶋にもう、怖いものはなかった。

いったん地元に戻るという望月が消え、信太もヤクザの兄貴、総太に呼ばれて出ていった。

午後三時過ぎ。手元には美里から預かった銀行キャッシュカード二枚。善は急げ、だ。美里から使い勝手がよさそうなATMの場所を聞き、借りたショルダーバッグに千円札と万札の帯封札束を数個突っ込み、部屋を後にした。

目指すは東横線代官山駅前のATM。徒歩で七、八分だ。途中でレイバンのサングラスを買い、洒落た住宅街を行く。ショルダーバッグにはずっしりと重い現ナマ。ヤサは美女の高級マンション。小嶋は口笛を吹きながら歩いた。

代官山駅前のATMにはだれもいなかった。ラッキー、と指を鳴らし、早速ATMの前に陣取る、周囲に警戒の目をやりながら、千円札を数十枚ずつ入金していった。

何回か繰り返していると、さすがに人が並び始める。いったん中止。駅前の売店でコーラを買い、飲みながら考える。こんなんじゃ、いくら時間があっても足らねえな。

人影が無くなるのを待って、再びマネーロンダリングを試みる。時間短縮を狙い、今度はATM機の限度の二百枚を一気に詰め込む。ところが思わぬトラブルが待っていた。紙幣をカウントしている最中、ATM機が停止したのである。

小嶋は焦った。一刻も早く現金とカードを取り戻さねば。が、どのボタンを押してもまったく動かない。心臓がバクバクする。口が渇き、冷や汗が垂れる。どうしたらいい？　モニターに非情な文字が浮かぶ。

〈備え付けの受話器で係員とお話しください――〉

逃げ出したい衝動をなんとかこらえ、震える手で受話器をつかみ、耳に当てた。どうしました、と男の声が問う。小嶋は冷静を装い、ATM機が停止してしまった旨を告げる。名前を問われ、桜井、と答える。桜井美里名義のカードが出てこない以上、仕方がない。係員は十五分程度で到着するという。

小嶋は受話器を戻し、すぐに携帯で美里に連絡。助けを求めた。美里は二つ返事で承諾する。その度胸に舌を巻き、小嶋は停止したATMからダッシュで離れた。

美里が指定したファミレスで待つこと三十分。タクシーでやって来た美里のファッションに、小嶋はのけぞった。パンティが見えそうなマイクロミニのスカートに、ヘソ丸出しのチビTシャツ。トラブル処理に駆けつけた係員が気の毒になった。

案の定、美里は席につくなり、回収してきた紙幣の束を差し出し、ＡＴＭの係員を罵倒する。

「もう、やってきた銀行員がとろくってさあ。大汗かいてあたふたしてっから、文句言ったら焦りまくって紙幣、破ってんのよ。すいませんすいません、って真っ赤な顔をして頭下げまくってさ」

そりゃあそうだよ、と小嶋は笑顔で返す。

「だっせえおっさんが機械詰まらせやがって、ああめんどくせ、とちんたら駆けつけたら、スタイル抜群の可愛いコが待ってんだもの。しかも傍らでヘソ丸出しで立たれてみなよ。だれだって心臓爆発もんだぜ」

ファミレスでひと息入れたあと、ネオンが灯り始めた渋谷の街を散歩して美里に焼き肉をご馳走した。好物のロースとハラミを腹いっぱい食べて、小嶋は幸せだった。

マンションに戻ると、さらに幸せが待っていた。美里がバスタオルと歯ブラシを渡し、「お湯がたまるまで少し待ってね」と甘ったるいミルキーボイスで言う。ドーン、とテンションの上がった中年男はトークも絶好調である。

「ええ、これ、絶対勘違いするよ。このコ、おれに気があるんでねえの、とさ」

「ボス、ちょいワル親父、って感じでもてそう」

「ちょいワル、じゃなくて、かなりワルだけどね」

「やっぱ、そうかあ」

　意味深な目を向けてくる。この女、どこまで知ってるのか。不安が胸を焦がす。まさか、六億円強盗まで知ってたりして。ええい、どうにでもなれ。

「その目、最高っ、小悪魔ビームにおじさん、もうクラクラ」

　ひとしきりおちゃらけた後、改まって訊いてみる。

「ところでさ。この素晴らしい部屋に来たときから謎なんだけど――」

　美里が小首をかしげ、微笑む。余裕綽々だ。小嶋は続ける。

「ミサちゃんていったい何者？」

　あたしはほら、とあごをしゃくる。部屋の隅のアコースティックギターとマイクスタンド。

「あれが商売道具」

　じゃあ、と小嶋は問う。

「もしかして、プロのミュージシャン？」

そうでーす、と嬉しそうに言う。そうかあ、と納得半分、懐疑半分。いずれにせよ、並のタマじゃない。

恵比寿で打ち合わせがある、という美里を見送り、ひと風呂浴びて強奪金の整理にとりかかる。が、すぐに外出する。理由は輪ゴムである。大事な紙幣を束ねるためにどうしても欲しかった。入間の倉庫に一人で空中庭園をつくった男である。物事へのこだわりはハンパではない。渋谷界隈の文具店、百円ショップを四軒、五軒と回り、ようやく好みのカラフルな輪ゴムをゲット。満足して帰ると、ボストンバッグの紙幣をせっせと数え、赤やピンクの輪ゴムで留めていった。

約四千万円。途中、美里のオーディオセットを拝借し、内外のロックやポップスがずらりと並んだCDラックから一枚をチョイス。忌野清志郎、我が多摩のキングオブロック。『雨あがりの夜空に』。ご機嫌なメロディと清志郎のソウルヴォイスがシャウトする。

——どうしたんだ　Ｈｅｙ　Ｈｅｙ　Ｂａｂｙ　バッテリーはビンビンだぜ　いつものようにキメて　ブッ飛ばそうぜ——

そうだ、ぶっとばそうぜぃ。

——こんな夜に　おまえに乗れないなんて　こんな夜に　発車できないなんて——

多摩の英雄、清志郎が逝って早二年。清志郎、おれはやるぜ、見てろよ。

——Ｏｈ　雨あがりの夜空に　輝く　Ｗｏｏ…　雲の切れ間に　ちりばめた　ダイヤモンド——

夢のような量の紙幣を整理しながら、こんなもんじゃない、とごちる。明日はまたドカンと入ってくる。一刻も早く連番新札をマネーロンダリングし、きっちり分配しなくては。人生、仕切り直しだ。利江子、茜、待ってろ。

お気に入りの清志郎を聴きながら、明るい未来を描きつつ、うとうとした小嶋は昼間の緊張と疲れもあって熟睡。目ざめたのは翌日午前十時だった。

美里はとっくに帰宅しており、愛想よく挨拶してきた。ぐっすり寝たから身体も軽い。小嶋の気分は上々だった。

実はこの幸せな熟睡中、思わぬ出来事が発生していたのだが、四千万もの現ナマを前に舞い上がっていた小嶋には知る由もない。

午後、実行犯グループの窓口である梶谷治と合流。場所は道玄坂上のパーキング。レガシーワゴンから出てきた梶谷は、どうも、と悪びれる様子もなく挨拶し、後部ハッチを開けた。ラゲッジスペースには濃紺のスポーツバッグが一個。子豚を呑み込んだ大蛇のようにパンパンに膨らんでいる。

「九千万、あります」

ジッパーを開ける。ぎょっと目を剝いた。レンガ、と呼ばれるでっかい札束。ナイロン材質の強靱な特製帯で一万円が千枚、つまり一千万をがっちり十字に結わえた、普通なら金融機関でしかお目にかかれない特殊な札束がいち、にい——七個、転がっている。締めて七千万円也。残りの二千万は千円札の札束がほとんど。ご丁寧に硬貨もある。

一昨日の四千万と併せて一億三千万。六億円だとこっちの分け前は一億四千四百万になるはずだが——まあ、いいか。経費もかかっているだろうし、新たに九千万もゲットしたんだ。あっちはケガ人も出たし、差額の千四百万は誤差の範囲だな。

なにごとにも淡泊で、面倒くさいことが大嫌いな小嶋はあっさり納得し、笑顔で「お疲れさんでした」と頭を下げる。いえ、と梶谷はバツが悪そうに横を向く。

「梶谷さん、大変でしたね」

なにが、と不機嫌そうな面を向けてくる。

「うちの猪瀬がギャンギャン攻めたみたいで」

眠たそうな目をすがめ、首をかしげる。小嶋は不穏なものを感じながらも続ける。

「おれたち、強奪金が六億だとニュースで知りましてね。少し慌てたんですよ。猪瀬、けっこう失礼なことを言ったんでしょ。あいつ、頭に血が上るとワケ判んなくなるから」

二人、見つめ合う格好になる。五秒、十秒。もしかして、猪瀬の野郎——。ぷっと梶谷が噴く。ほおをゆるめ、薄く笑う。

「一昨日の四千万はとりあえず、ですよ。こっちもケガ人が出たり、強奪金のトータルが判んなかったりでゴタゴタしてたもんで、残りがつい遅れてしまいました。申し訳なかったですね」

軽く坊主頭を下げる。いえ、そんな——。顔を上げた梶谷は笑みを消し、厳しい表情で言う。

「遥はおれに舐めた口はきけませんよ。おれがドタマにきたら遥の野郎、半殺しにされるのが判ってますから」

ドスの利いた声が這う。

「残金の件はおれから遥に電話をしました。あいつ、忙しいのに悪いな、暇なときでいいのに、と盛んに恐縮してましたよ」

そうなんですか、としか言いようがない。叶うなら、さっさとこの場から消えたかった。

それ、と梶谷はあごをしゃくる。

「一人で大丈夫ですか」

ラゲッジスペースのスポーツバッグ。もちろん、と両手で引きずり出す。一刻も早くおさらばしなくては。ガクン、と腰が砕けそうになる。重い。硬貨込みだ。四十キロはあるかも。両足を踏ん張り、肩に背負う。九千万円の重量がずっしりとのしかかる。

「前回より万札多めですけど、重いでしょ」

梶谷が冷たく言う。小嶋は歯を食いしばり、いえ、と精一杯の笑みを送り、一礼する。ありがとう——視界が揺れる。バランスが崩れ、足がよろける。おあっとぉ。つんのめる。身体が逆Uの字にまがる。やばっ、倒れる。頭からアスファルトに突っ込む寸前、梶谷がスポーツバッグをつかんでくれた。ふいー、と息を吐き、再度体勢を整える。

「ありがとうございました」

今度は突っ立ったまま礼を述べる。梶谷は拳(こぶし)を口に当て、肩を震わせ、笑いをこらえながら返す。

「お大事に」

よろめく足をはげまして歩く。表通りに出てタクシーを停め、後部座席に倒れ込んだときは全身に気持ちの悪い脂汗が噴き、息も絶え絶えだった。しかし九千万円。こみあげる笑みを抑えられない。スポーツバッグに抱きつき、ほおずりして、やったぁ、ざまあみろ、これで人生リセットだ、と歓喜の囁き声を上げた。

美里の部屋に戻り、大漁大漁、とスポーツバッグをフローリングに置く。ずん、と地響きがした。現ナマ九千万円の地響きだ。

なにこれ、と怪訝そうな美里を手招きし、

「ミサちゃん、見てみな」

昂揚した気分のままジッパーを開ける。中には七個のレンガとその他大勢。美里が、うああ、と声にならない声を上げる。手を口に当て、大きな目を丸く剥いて吃驚(びっくり)仰天だ。

「一千万の札束。レンガって言うんだよ」

レンガは一般人が目にすることはまずない。小嶋自身、バブル華やかな時代、地上げビジネスで行き交うレンガは腐るほど見たが、あれは例外中の例外。美里の驚きも当然だ。

「ボス、やっぱり大物だったんだ」

「それほどでもないけどね」

気分がいい。最高だ。それ、とか細い声が聞こえる。美里が眉根を寄せ、気味悪そうに指さす。その先を追う。スポーツバッグのなか、レンガと紙幣、それに硬貨——バラの千円札が数枚、赤茶に染まっている。なんだ？　顔を近づけ、息を吞んだ。血痕だ。負傷した襲撃犯から流れた鮮血だ。

おっとお。ジッパーを素早く閉め、美里にウィンクを送る。

「いろいろあんだよ、人生は」

だよねー、と笑う。桜井美里。やっぱり度胸満点だ。こういう女なら、と夢想する。アウトローのカリスマ、スティーブ・マックイーンの代表作『ゲッタウェイ』。アリ・マッグロー扮する美しく健気な妻、キャロルと共に銀行強盗を企て、現ナマを奪取、メキシコ目指して決死の逃避行を繰り広げるあの名作を現実のものにできるかも。

第七章

狂乱

夕刻、仲間が続々と集まった。猪瀬遥、望月翔、竹井信太、そして美里。普段は競馬新聞しか読まない猪瀬が一般紙を持ち込み、一面トップ記事と社会面を誇らしげに見せる。

《立川市で六億円強奪事件》《日本犯罪史上最高被害額》《警備会社に責任を問う声が殺到》

すげえだろう、とまるで自分が直接奪ったかのように自慢する調子のいい乱暴者。ボス、これをやったんすかあ、と横からのぞき込む望月。信太と美里は携帯のネットニュースを見て、笑顔でなにやら語り合っている。

「ほら、ぼさっとしてねえで手伝え」

　全員で夕陽が照らすフローリングに札束と硬貨の山をつくる。一億三千万。歓声と口笛が飛び交う。すげええ、と吠える厳つい乱暴者。口をあんぐりと開けたまま固まる望月。ボス、おめでとさん、と拍手し、携帯で撮影する信太。なにこれー、信じらんないーっ、と黄色い声を張り上げ、身をよじる美里。

　高級マンションの十八階。眺望抜群の部屋。小嶋は黄金色に輝く夢のような光景を眺めながら、身も心も痺れるような感慨に浸った。

　ガキのときも、極道稼業に勤しんでいたときも、そしてカタギになってからもグレーゾーンでしかシノいでいけず、それでも、いつか、いつの日か必ず一発当ててやる、とめげず、あきらめずに頑張ってきた。その成果がこれだ。やった、やってしまった。ざまあみやがれ。

　日本犯罪史上最高額、六億円強奪。おれはついに当てた。目の前の一億三千万。これで人生、薔薇色だ。

　しかし、本物のワルになりきれなかった男、小嶋秀之の歓喜も夜までもたなかった。猪瀬、望月、信太の男三人が帰り、美里が夜の仕事に出かけてしまうと、途端に電話が入り始めたのである。最初の電話はバリ島の日高大洋。

「ネットニュース、見たけど、ホントにやっちまったんだね」

興奮した声が耳朶を舐める。小嶋は半笑いで応える。

「六億だよ、日本犯罪史上最高額。日高くんも早く帰ってきなよ。でないと、全部使っちまうぞ」

「冗談言ってる場合じゃないよ、小嶋くん」

一転、ノイズ混じりの声がこわばる。

「ワル連中から狙われてるぞ。くれぐれも気をつけなよ」

歓喜は一瞬にして消えた。闇社会に精通した日高の情報は怖いくらい正確だ。

「日高くんはいつ帰るんだ？」

ぼくは、と言い淀み、沈黙。いやな予感がした。あの陽気で大胆な日高が怯えている。小嶋はつとめて陽気に誘う。

「現ナマの仕分けをしたいんだけど、手が足んないんだよ。さっさと帰国して手伝ってちょうだいな」

「考えとくわ」

それっきり携帯は切れた。その後、三十分もしないうちに悪党どもの電話が続々と入る。

まず知り合いのヤクザが「秀之、めちゃくちゃ儲けてんだって」と探ってきた。即座に否定したが、胃がキリキリ痛んだ。次いで、地元のダチで、いまは池袋で女のヒモをやりながら博打(ばくち)に励む遊び人。

「なんか、小嶋くんがすっげえタタキやったって話だけど」

すっとぼけた調子で訊いてきた。

「現ナマ、ごっそり持ってんだってね。おれ、いま金欠だがら、借りにいくべえ、と思ってさ。どう、暇？　これからダチ連れて行くから」

暇じゃねえよ、もう電話してくんなっ、と怒鳴り上げた。胃がねじれ、吐き気が込み上げ、慌ててトイレに入り、吐いた。極めつきは刑務所で知り合ったチンピラ。六本木の闇に精通したワルだ。夜中、そいつは前置きもなく斬り込んできた。

「秀ちゃん、六億円、ガメたらしいね」

全身からどっと冷や汗が噴き出た。どこで聞いた、と問うと、大笑いしてこう言った。

「評判だよ。〝秀之が一枚嚙んでいるらしい〟〝絵を描いたのは小嶋だ〟なんて噂話が方々で飛び交ってるもの。実際、秀ちゃんを血眼(ちまなこ)になって探し回っているワルは十人じゃきかねえな」

限界だった。その夜の内にマブダチの片割れ、巽雅也に連絡を入れ、強奪金の整理を相談。猪瀬にも手伝わせることにした。望月はダメだ。かえって足手まといになる。

翌日、新たに大きなキャリーバッグを購入。現金を詰め替え、午後三時、美里のマンションを出る。

別れ際、黒御影石の玄関で美里に三十万、渡した。

「散々世話になったのに、こんだけでごめんな。カネはいっぱいあるけど、マネロンも済んでねえし、ダチへの分け前もある。落ちついたら、また改めてお礼するから」

美里は三十万を胸に当て、悲しげにかぶりを振る。

「好きなだけいていいのに」

「もうミサちゃんに迷惑はかけられねえんだ」

大きな瞳が潤む。切ない。胸が苦しい。ぽってりした唇が囁く。

「しっかり逃げ切ってね」

うん、と大きくうなずく。叶うなら抱きしめたかった。が、それはできない。最後まで、明るいけどストイックでカッコいいボスでいたかった。

「おれ、ミサちゃんの恩は一生、忘れねえから」

必死に涙をこらえる美里と固い握手を交わして別れる。気分は高倉健、いや、スティーブ・マックイーンだった。スティーブ、入間川のスティーブ。しっかり生きてっかな。胸が熱くなる。目尻に浮いた涙をぬぐい、現ナマ一億三千万が詰まったキャリーバッグをごろごろ引き、大理石の廊下を歩いた。


「冗談でしょう」

思わず声が出ていた。三郷市の雑居ビル。社長室。大きな一枚板のデスクの向こうに梨田吾郎。黒革のチェアに座り、目を伏せたまま動かない。

「社長、嘘だと言ってくださいよ」

梶谷は両手をデスクにおき、凄むよう迫る。

「おれは納得できないですよ」

仕方ねえだろ、とチェアを回してガラス窓を向く。目の下に隈が浮き、目玉は真っ赤。憔悴（しょうすい）しきっている。肌もどす黒い。寝不足とストレスのせいだろう。

「鬼塚（おにづか）の野郎、頑張ったんだ」

鬼塚明（あきら）。四十二歳の元極道。得意とするシノギは闇金に不動産ブローカー、債権取り立て、各種マルチビジネス――キナ臭い仕事はなんでもござれの筋金入りのワルだ。梨田とは中古車取引で意気投合した、ツーカーの仲だ。

「あいつが動かなきゃカネ、どうなったか判んねえぞ」

昨日、渋谷で小嶋に残金を渡し、戻るとベンツのトランクにカネがなかった。梨田に訊こうにも、強奪金を握って以来、タガが外れたように女だ酒だギャンブルだ、と遊び回っており、やっとつかまえたのがいまだ。午後三時すぎ。雑居ビルの社長室。窓から射し込む西陽がきつい。

「だから鬼塚は凄いんだって」

酒臭い息を吐いて言う。

「あいつの言うことに間違いないんだよ」

鬼塚は大手組織の二次団体の若頭まで務めた男である。同じ元極道とはいえ、北関東の弱小組織出身の梨田や梶谷とは格が違う。アンダーグラウンドの情報網も抜群の精度を誇り、梨田によれば事件の翌日、つまり一昨日にはもう「立川のヤマ、やったでしょう」と迫ってきたという。

「おれだっていつまでもばっくれられねえしよ」

昨日、梶谷が留守の間、しつこく迫られ、渋々認めたところ、そこから電光石火だった。鬼塚は「このままじゃ警察に見つかってパーだ」とベンツの強奪金を自分のクルマへ移し、他所へ移してしまったらしい。

「強奪金はちゃんと保管してあるから心配すんな」

「社長、確認してます？」

ああ、と大儀そうにうなずく。

「鬼塚の情婦のヤサだ。天井裏に隠してある」

ほっと息を吐く。とりあえず、大丈夫のようだ。が、まだ先があった。

「今回、いちばん頑張ったのは鬼塚だよな」

なんだと？

「だからおれ、好きなだけ持ってけ、と言ったんだ」

グワン、と頭を鉄板で張られたような衝撃があった。梨田は窓の外に目をやりながら淡々と言う。

「あいつ、一億くらい持っていったな」

一億――ぶっ倒れそうだ。

「鬼塚がいなかったらいまごろカネ、警察に見つかってたぞ。そしたらおれら、全員お縄だ」

ダメだ。この男はもう、昔の陽気で豪胆な梨田じゃない。からっけつの金欠状態のところへ、億の現ナマがどっと流れ込んで脳みそがショートしてしまった、哀れな腑抜け野郎だ。梶谷は舌に浮いた苦いものを呑み込んで言う。

「いちばん頑張ったのは鬼塚じゃありませんよ」

ほう、と梨田がチェアを回し、赤く濁った目を向けてくる。ひび割れた唇が動く。

「じゃあ、ネタを引っ張り、現場を仕切ったおまえか？」

おれじゃありません、と強い口調で返す。

「渡利でしょう。あいつがいなきゃ、億を超える現ナマは手にできなかった」

こみあげる憤怒を奥歯ですり潰す。ぎりっ、といやな音がした。

「他は自分じゃ手を下さず、美味しい思いだけをしたいこすっからい野郎ばっかりだ。おれも含めて、ですけど」

梨田が眉間に筋を刻み、睨んでくる。目をそらさずに告げる。

「そのこすっからい野郎のキングが鬼塚だ」

ふん、と鼻で笑い、おまえにもやったじゃねえか、と恩着せがましく言う。梶谷は軽くうなずく。

「レンガ一個ですけどね」

一千万のレンガ一個。

「渡利も同じなんだぞ」

感謝しろ、と言わんばかりだ。渡利とおれが一千万で、強奪金を運んだだけの鬼塚が一億。冗談じゃない。

「渡利の相棒はいくらです」

はあ？　と怪訝そうに目をすがめる。だから、と語気を強める。

「渡利と一緒にカネをかっぱらった野郎ですよ」

言いながら、相棒の顔も名前も知らない己に呆れた。梨田は大儀そうに首をコキコキ鳴らして言う。

「ああ、名無しの権兵衛さんか」

はあ？　今度はこっちが首をかしげる番だった。

「渡利はそいつの名前、知らねえんだって」

頭がクラッとした。

「ただのパチンコ仲間らしいぞ」

絶句し、混乱した。名前も知らねえ野郎と一世一代の強盗に繰り出したのか？

なんてことだ。現ナマ六億だぞ。おかしいだろ。なんか間違ってないか？　梶谷の困惑をよそに、梨田は投げ捨てるように言う。

「だから、込みでいいだろ」

込み――まさか。呼吸するのも忘れて次の言葉を待つ。

「レンガ一個で名無しの権兵衛さんと込みだ。上等だわな」

ひどい。デスクの木目を数えて怒りをこらえる。一、二、三、四――

おい、かじたに、と押し殺した声が飛ぶ。梨田が窓の外を指さしている。

「あれ、おかしいだろ」

電柱だ。三階の窓と同じ高さに工事の人間がいる。白いヘルメットと作業着。大小の工具をセットした腰ベルト。作業の真っ最中だ。

「ずっとこっちを見てんだぞ」

ジョークか？　いや、真顔だ。

「あいつ、盗聴器とかカメラを仕掛けてんじゃないのか」

まさか、あり得ませんよ、と言ったが、聞いちゃいない。顔が恐怖にゆがむ。

「警察だろ。間違いねえよ、おれら張られているんだ、もうすぐ逮捕されるぞっ」

「そんなこと、ありませんって」

カーテンを閉める。梨田が呆けたように見上げる。青白い顔と脂汗。丸く見開いた目。普通じゃない。喉仏がごくりと動く。かすれた声で、そうだ、あれ忘れてた、と囁く。目が宙を彷徨い、ほおが痙攣する。

「やべえよ、おいっ」

唾を飛ばして怒鳴る。

「渡利のベンツ、ガソリンスタンドの防犯カメラに映っているはずだ、なんとかしろっ、消してこいやっ」

ちょっと待ってください、社長、となだめるが、まったくダメだ。逆にチェアから立ち上がり、つかみかかってくる。

「てめえ、梶谷っ、おれの言うことがきけねえのかっ」

血走った目が破裂しそうだ。莫大な現ナマを握ったはいいが、警察が怖くて我を失っている。こんなに脆い男だったのか。

「おらっ、梶谷っ、判ってんのか」

鬼の形相で胸倉を締め上げてくる。弱った。殴り倒すわけにもいかないし。

判ってますよ、落ちついてください、と笑みを浮かべ、両手を引き剝がす。

「いまからおれが頼んできますから」

顔からすーっと怒気が抜けていく。目が焦点を失う。弛緩（しかん）し、茫然とその場に立ち尽くす。心身が壊れる寸前だ。強奪金六億円の強烈な毒が回った、ということか。

社長、失礼するよ、と陽気な声とともにドアが開く。オールバックにしゃくれあごの痩身の男。ストライプスーツとピンクのシルクシャツ。目尻にシワを刻み、真っ白な差し歯を光らせて笑う。

「おう、どうしたの、辛気臭い面（つら）しちゃって」

大股で歩み寄る。年食ったホストのようなこいつが鬼塚明。やらずぶったくりで見事一億円をゲットした元極道だ。

おにづかぁ、と梨田が両手を差し出す。顔に生気が戻り、目が輝く。

「おまえだけが頼りだ」

鬼塚の右手を包み込むように握り締め、眉を八の字にして訴える。

「おれたち、大丈夫だよなあ」

もちろんだよ、社長、と笑顔で答える。が、目はオホーツクの海のように冷たい。

「なんだ、おまえ」

梶谷を見る。一転、顔が険しくなる。

「怖い面しやがって、なんか文句あんのか」

いえ、べつに、と視線をそらす。鬼塚は梨田の肩を抱き、耳元で囁く。

「社長、ちょいと相談があんだけど――」

鋭い一瞥（いちべつ）を梶谷にくれる。

「二人きりで話したいんだが」

気にするな、と梨田が言う。

「あいつはおれの舎弟だ。空気みてえなもんだ」

なるほど、と鬼塚は大きくうなずく。

「そうかい、屁みてえなもんかい」

拳（こぶし）を握り締めて耐える梶谷をよそに、鬼塚はしゃあしゃあと語る。

「じゃあ、遠慮なく相談させてもらうが」

そげたほおを指でかく。

「ほら、現ナマを運んだ運転手。おれの若い衆だけど、逃がさなきゃならねえから経費、くんないかな」

「危ない橋、渡ったからな。で、いくらよ」

こんだけかな、と鬼塚は右手を差し出す。五本の指。五万？　いや、ふっかけて五十万？　鬼塚が笑いながら告げる。

「ごせんまん」

ごせんまん、五千万。一瞬、頭が真っ白になり、次いで笑いが込み上げた。冗談にもならない。実行犯の渡利がレンガ一個、一千万だぞ。

「いいよ」

梨田はあっさり言う。

「運転手がつかまったら一網打尽だからな。五千万、持ってけ」

ふざけんなっ　青白い憤怒に背を押され、梶谷は前に出る。

「それってどういうことですか」

二人がそろって視線を向ける。梶谷は砂を嚙む思いで告げる。

「情婦(いろ)の家はモンゴルかアフリカか知らねえが、クルマ、運転しただけの野郎が五千万なんておかしくないですか。逃がすなら渡利でしょう」

なんだてめえ、と鬼塚が食い殺すような睨みをくれる。

「おれの可愛い情婦の家はなあ」

舌舐めずりをして迫る。

「江戸川の向こうの松戸だよ。クルマでたったの十分だ。文句あんのかい」

首をかしげ、肩を揺すって距離を詰める。本物のアウトローだけが持つ殺気が迫る。梶谷は両足を踏ん張って返す。

「なら、運賃、バカ高でしょうが。そんな温い仕事で五千万も要求されちゃあ、納得できるわけがない」

言葉に力を込めながら空しくなる。相手は筋金入りのアウトローだ。まともな会話が成り立つ野郎じゃない。

「田舎チンピラがえらそうに」

凄みのある声が這う。

「ものほんのヤクザ呼んで、埋めちまうぞ」

梶谷は睨むことしかできなかった。

「鬼塚、勘弁しろ」

梨田が間に割って入る。

「こいつもほら、いろいろあってテンパってんだ」

行け、と肩を押す。殺されっぞ、と囁く。梶谷は一礼して背を向けた。

「逃げるのか、チキン野郎」

鬼塚が吠える。大事な用があるんだよ、と梨田がとりなす。

「ガソリンスタンドの防犯カメラ、消さなきゃならねえんだ」

なんだそりゃ、と鬼塚が問う。

「大事な危機管理だよ」

二人のバカ笑いが響く。梶谷はドアを閉め、薄暗い階段を下りる。二階の事務所前で渡利に会う。上等のジャケットとスカイブルーのシャツ、チノパン。海老茶のハーフブーツ。別人のようなこざっぱりとした格好だ。

「手のケガ、どうなんだ」

渡利は不敵な笑みを浮かべ、サポーターで覆った左手をぐっと握ってみせる。

「どうってことねえよ」

挑むような目を向けてくる。

「女も抱き放題だ」

カネを手にして以来、風俗に入り浸りと聞いたが——梶谷は穏やかに語りかける。

「新婚のカミさん、大事にしてやれよ」

渡利は半年近く前、飲み屋の女と結婚したばかりだ。しかし、渡利は厳つい顔をしかめ、ぺっと足元に唾を吐く。

「おれの勝手だ。あんたにどうこう言われる筋合いはない」

そうだな、と返す。

「おまえのカネだ、どう使おうと自由だ。しかし」

ひとさし指で三階を示す。

「鬼塚の野郎、すでに一億五千万、ゲットしたぜ」

目が冥くなり、顔がこわばる。梶谷は畳みかける。

「おまえら、二人でレンガ一個だろ」

下を向く。青白い怒気が焔となって立ち上る。もうひといき。

「おまえらが死ぬ思いでかっぱらってきたカネを松戸の情婦のとこへ運んだだけだぞ。それで一億五千万だぞ。この分じゃ鬼塚の取り分、二億を超えるな。うちの社長、おかしくなってつから鬼塚はやり放題だ」

さあ、どうする。怒りにまかせて突撃するか？　それとも、どこかで待ち伏せしてぶっ殺すか？　やるなら手伝うぜ。が、渡利の反応は意外なものだった。

「どうってことねえよ」

凄むように言う。

「カネなら、おれがいくらでもかっぱらってやる」

右手を掲げ、包丁を握る真似をする。

「邪魔する野郎がいたら刺してやるぜ」

ほら、こうして、と突き込んでくる。思わず退がる。ははっ、と笑う。底が抜けたような笑いだ。

「あれ？　梶谷さん、ビビってんですか、極道やってたんでしょ」

カツン、とブーツが鳴る。一歩、踏み込んでくる。こうやるんだ、と右手を素早く動かす。ほら、ほら、二度、三度、と突く真似をする。厳つい顔が愉悦に濡れる。梶谷はいつの間にか壁に追い詰められ、動けなくなっていた。仮に包丁を持っていたら無抵抗のまま嬲り殺されている。

「さくっ、と肉を切る感触がします。たまんねえっすよ。女とやるより気持ちいいもん。あれはクセになりますね」

表情がゆるむ。

「ああ、思いっきり人を刺してえなあ」

うなるように言う。

「カネが欲しけりゃ、おれが稼ぎますよ。包丁一本でね」

べろり、と紫色の舌で包丁を舐める真似をする。目が焦点を失う。

「今度は十億、いきますか。すっげえ新記録だ。十年は破れねえでしょう。現ナマ十億、やりましょうよ」

喉をのけぞらせ、ひーっひっひい、と気味の悪い声を上げる。いかれている。こいつも六億円の毒にやられちまった。

梶谷は洞窟のような階段を転げるように駆け下り、外へ出た。暗から明へ。初夏の太陽が照りつける。道路も街もハレーションを起こす。頭がくらっとした。視界が回る。電柱につかまり、身体を支える。額の脂汗を手で拭い、足を踏み出す。どいつもこいつも、と震え声で愚痴る。毒にやられやがって。

パジェロミニでガソリンスタンドへ行き、店長を呼び出す。ひょうたん顔の中年男だ。表情に警戒の色がある。当然だ。梨田には中古車数台を勝手に敷地に停められ、大迷惑を被っている。その子分から改まって話があるとなれば、警戒しないほうがおかしい。

「店長、ちょいとお願いがあるんですが」

下手に出る。なんでしょうか、とますます警戒の色が強くなる。梶谷は笑顔で言う。

「うちのシルバーベンツの野郎、なんかやらかしたらしくて」

ひょうたん顔がひきつる。梶谷は猫撫で声で頼み込む。

「防犯カメラの映像、なんとか消去できませんかね。カネは払います。これ——」

指先に万札三枚を挟んで差し出す。

「気持ちです」

店長はのけぞり、目を丸く剝き、お祓(はら)いをするシャーマンのように大きく両手を振り、もしかしてぇ、と甲高い声で問う。

「立川の六億円強盗じゃないですよね」

やべっ。全身からスーッと血の気が引いていく。顔面蒼白の店長は半身になり、いまにも事務所に駆け込んで行きそうだ。まさかあ、と梶谷はヘラヘラ笑い、なんとか誤魔化してガソリンスタンドを後にする。

一気にアクセルを踏み込む。ルームミラーから店長が消える。どっと冷や汗が噴き出した。携帯が鳴る。わななく手でつかみ取り、耳に当てる。

「おう、梶谷」

陽気な声。梨田だ。

「もういいから」

はあ？　なにが？

「ガソリンスタンドのカメラ、ほっとけ」

なんだとぉ、携帯を握る手が震える。

「よくよく考えたら、消してくれ、なんてヤベエよな」

背後で、社長、バッカじゃねえの、と鬼塚の酔っ払ったような声が聞こえる。祝杯でも上げているのだろう。てめえら、いいかげんにしろよ。こめかみがぶち切れそうだ。梨田が野太い声で言う。

「カメラよりずっと大事なことがある」

さあなんでしょう、と鬼塚の合いの手が入る。梨田の重い言葉が重なる。

「ベンツだよ。犯行に使ったシルバーベンツ」

ちょいと考えたら判るだろ、バーカ、と背後の声が大きくなる。

「ベンツ、始末しろ」

「渡利のベンツですよ」

「あいつには任せられない」

梨田はきっぱり言う。

「渡利は無理だ。中古屋に叩き売って小遣い稼ぎが関の山だ」

梶谷は大きく息を吸い、爆発しそうな脳みそに酸素を送る。

「処理するには相応のカネがかかります」

ばかやろう、と怒声が破裂する。携帯が割れそうだ。

「おまえにはレンガ一個、渡してんだろっ」

社長、甘やかしすぎ、と鬼塚が叫ぶ。怒りのあまり視界が揺れる。右手一本で握ったハンドルも揺れる。十字路の赤信号を見逃す。横からトラックが迫る。猛烈なクラクションが轟く。歯を噛み、咄嗟にハンドルを切る。なんとか衝突を避ける。

携帯がわめく。

「とっととやれよ、ぐずぐずしてると警察が嗅ぎつけるぞ」

そうだ、グズ野郎、とっととやれい、と鬼塚が煽る。酔っ払い二人がバカ笑いを轟かせ、携帯が切れる。

ちくしょう。頭がグラグラ煮え立つ。どいつもこいつもド外れたバカばっかじゃねえか。どうしてやろう。そうだ、おれもバカになればいい。無責任で後先考えない、あいつらと同じバカだ。他人のことなど知るか。

レンガ一個だと。ふざけるな。梨田、カネはきっちり貰うからな。

第八章
恐怖の山

美里のマンションを出た小嶋はタクシーをつかまえ、渋谷から西新宿へ向かう。尾行をチェック。異常なし。が、いつ襲撃があってもおかしくない。念のために西新宿でタクシーを乗り換え、中央高速に上がり、一路、八王子へ。

途中、梶谷から電話が入る。

「小嶋さん、ちょいと面倒なお願いなんですが」

珍しく殊勝な物言いだ。警戒しつつ、耳を澄ます。

「ベンツ、始末してくれませんか」

おっとお、まるで測ったようなグッドタイミングだ。

「おれもそれ、早くやんなきゃ、と思ってたんですよ」

犯行車の処理はワルの常識だ。

「で、処理の予算はどれくらいとれますか」

ビジネスライクに訊く。梶谷は即座に答える。なんと。信じられないくらいの好条件だ。即座に承諾し、細かい事が決まったら連絡します、と告げ、携帯を閉じる。

ふう、とシートにもたれる。青い空と流れるビル街。ユーミンの『中央フリーウェイ』を口ずさむ。多摩の女神。正真正銘のスーパースター。そして、陰のスーパースターはこのおれだ。一億三千万が詰まったキャリーバッグを撫でる。まだまだこんなもんじゃない。小嶋は突然、舞い込んだ幸運にうっとりと微笑む。

三十分後、八王子インターから降り、巽、猪瀬と合流。ドライブインでトンコツラーメンの大盛りを食い、簡単な打ち合わせをした後、猪瀬が運転するシーマで山間部に向かう。

陽が翳(かげ)ってきた。あっという間に太陽が山の向こうに消え、夜が訪れる。ヘッドライトを灯す。濃い闇のなかへわけ入り、クルマが一台通れるほどの急勾配の坂道を上がっていく。張り出した枝葉がバチバチとボディを叩く。時折、前方できらめく青い光は野犬の目か。

「ホントにこんな獣道でいいんすか」

猪瀬がうんざりした口調で言う。

「熊とかタヌキ、イノシシしかいねえんじゃね」

ばーか、と助手席の巽がタバコをふかしつつ、余裕たっぷりに言う。

「遥、おまえの知らない世界があるんだよ」

ふん、と鼻を鳴らし、乱暴者は黙りこむ。いよいよ分け前にあずかれるのか、と勇躍駆けつけたものの、草深い山中での現金の整理と聞き、不満はマックス。ずっと仏頂面だ。

地下水が濡らすトンネルを抜けると、視界が開ける。整地された広場だ。優にサッカーコートくらいの広さがある。

「ここだ。悪だくみ特設会場」

巽がせせら笑う。

「ダチの私有地だから部外者はオフリミットだ」

ヘッドライトの先、プレハブの作業小屋が見える。その隣に小型トラックとワゴン、ショベルカー。材木の山。ブルーシートが覆う一画は鉄骨やセメント袋など、資材の保管場所か。

シーマを停め、エンジンを切る。深い闇が降りる。光は作業小屋の仄かな明かりのみ。かすかに聞こえるエンジン音は発電機だろう。

「おれ、クルマで待ってますから」

猪瀬がハンドルにもたれる。やる気ゼロだ。なんだおまえ、と巽が気色ばむ。

「巽くん、よせよ」

小嶋はあごをしゃくって作業小屋を示す。

「さっさと済ませちまおうぜ」

片目を瞑る。

「遥はいろいろあって疲れてんだよ。なあ」

返事なし。乱暴者はハンドルにもたれたまま不貞腐れている。小嶋はいきりたつ巽をうながして外に出た。ひんやりした夜気に鳥肌が立つ。キャリーバッグを引いて歩く。

あのやろう、ぶっ飛ばしてやる、と怒りがおさまらない巽に「いい話があるんだよ」と囁く。

「実行犯グループの梶谷から電話があってな」

「遥のマブダチだろ」

そう、と小嶋はうなずく。作業小屋の明かりを目指して歩く。

「ベンツを処理してくれって言うんだ」

「それのどこがどういい話なんだよ」

もっともな疑問だ。小嶋は含み笑いを漏らして言う。

「トランクに現ナマ一億、積んであるからそれで処理してくれって」

すっげえ、と巽が囁く。

「じゃあさあ、処理の費用をさっぴいた分、丸儲けってわけか」

「そういうこと」

さすがにキャリーバッグが重い。汗ばんでくる。作業小屋の明かりが大きくなる。もうひと息。

「だから頼むよ、巽くん。うまく——」

あれ？　明かりが消えた。停電？　発電機の音は聞こえている。と、足が停まる。目の前になにかある。凝視した。朧(おぼろ)な人影が浮かぶ。大きい。両腕を組んで仁王立ちだ。身長二メートル近い。横幅もある。

いらっしゃい、とバリトンが響き渡る。おう、と巽が見上げる。

「大山(おおやま)、世話になるぜ」

大山圭吾(けいご)、三十代半ば。この悪だくみ特設会場を仕切る、謎多きワルだ。持ちましょう、と言うや、優に七十キロはあるキャリーバッグを片手でつかみ、軽々と肩に担いで背を向ける。小屋の明かりを遮(さえぎ)った巨体が悠々と遠ざかる。

「大山の野郎、やっぱ化けもんだな」

巽がしみじみ言う。

「噂には聞いていたが」

小嶋はかぶりを振る。

「こんな山の中で突然、出会うと、まさにモンスターだな」

裸電球が灯るプレハブ小屋で簡単な自己紹介を済ませ、キャリーバッグの紙幣を披露する。大山はべつに驚くでもなく、肉厚の顔をほころばせ、いい光景ですね、とひと言。

「立川の六億円、おれたちなんだ」

巽が明かす。大山は予想していたのか、特段の反応なし。

「現金を仕分けする場所がなかなかなくてな」

「自由に使ってください」

大山は柔らかな笑みを浮かべて言う。

「ここならカネの揉め事で仲間にリンチを食らわそうが、ぶっ殺そうが自由ですよ」

冗談に聞こえないところが怖い。

「よかったらこれ、使ってください」

裸電球の下、鋼がぎらりと光る。抜き身のハンティングナイフを二本、差し出す。

「どっちか生き残ったほうが総取りです」

夜の山奥の作業小屋。下らない冗談は止めて欲しかった。さすがに気味が悪い。が、大山はさも愉快げに続ける。

「周りは山ばかりです。負けた方はしっかり埋めてあげますから、安心してくださ い」

なにがおかしいのか、逞しい肩を揺らしてグシグシ笑う。小嶋はナイフを受け取り、指先で回す。刃がキラキラ光る。ほお、と大山が驚きの表情だ。

「昔、ヤッパが得意な博打うちから教えられましてね」

へえ、と大山が小嶋の顔をのぞき込んでくる。腫れぼったい目がじっと見る。ここ、と太い指を自分の額に当て、眉間に下ろす。

「きれいにハスられてますね」

ああ、これ、と小嶋は十四針の傷痕を触る。

「極道をやっている時分、ケンカ相手にサバイバルナイフでやられました。こっちは素手なのに、卑怯な野郎だ」

「小嶋さんがナイフ、持ってたら一発ですね」

「心臓、抉(えぐ)ってましたよ」

回していたナイフをつかみ、すっと突き込んでみせる。刃先から光がこぼれる。

大山はひょいと肩をすくめ、怖いなあ、とひと言。

「大山さん、ものは相談だけど」

小嶋は巽に目配せし、了解のサインを得て訊く。

「犯行に使ったベンツ、始末できませんか」

たのむよ、と巽が前に出る。

「おまえ、クリーニング屋と知り合いなんだろ。ひと肌脱いでくれや」

大山は巷間(こうかん)で都市伝説のごとく噂される〝闇のクリーニング屋〟の窓口なのだという。以前、巽から聞いたときは驚いたが、まさか頼み込む日が来るとは。

「いいっすよ」

あっさり了承する。

「クリーニング屋は外人部隊なんですけど、ちょうどその話も出ていましてね。立川の六億のヤマ、クルマはどこが処分するんだろうって」

驚くべきことを淡々と話す。

「自分もやばい仕事を直接頼んだことはありませんが、ひと昔前にATM機を重機で持っていく荒っぽいヤマ、あったでしょう。そのときのATM機を処理したりとか、最近はポリに目を付けられた車輛の処分などをしているようです」

「で、大丈夫なのか、その外人部隊」

巽の問いに、余裕の笑みで答える。

「いままで一度もアシがついたことないって言ってました」

「どうやって処理するんだよ」

「ド田舎の山の方に適当な土地を買って、そこに穴掘って埋めるんです。石灰を撒いておくと腐食がメチャクチャ早いそうですよ」

なるほどねえ、と巽が横目で小嶋を見る。

「小嶋くん、いいかい」

「お願いします」

料金も含めて先方に確認してくる、と大山が出て行った作業小屋で巽と二人、強奪金の整理に取りかかる。

「しかし、小嶋くんの武勇伝も凄いねえ」

巽が薄手のゴム手袋をはめながら言う。

「ナイフ、持ってたら一生、ムショに食らい込んでいたな。極道の殺人に裁判所はメチャクチャ厳しいじゃん」

ゴメンな、と小嶋は一千万のレンガを手にとり、床に腰を下ろす。

「心臓抉るなんてハッタリだよ。おれ、人を殺すなんてとてもとても」

一千万の札束をがっちり十字に縛ったナイロン帯をナイフで切断していく。

「ヤクザをやめたのもそれが大きいな。やっぱりおれ、生命とるのはイヤだし」

だな、と巽がうなずく。

「おれもリンチまではオッケーだけど、さすがに殺しはなあ」

だろう、と小嶋は言葉を引き取る。

「殺しをやれるやつなら自分で警備会社の営業所、襲ってるって」

違いない、と二人、笑う。せっせとナイロン帯を切り、レンガを解体して万札を積み上げていく。裸電球の下で紙幣の山が輝く。

「しかし、最高の眺めだね」

巽が感に堪えぬように言う。

「まさかおれたちがなあ」

「当然の報酬だよ」

小嶋は言葉に力を込める。

「おれたちは日高くんも含めて一生のマブダチだもの」

うん、とうなずく。が、顔色がイマイチ冴えない。三人のなかで貢献度がもっとも低いのは事実だ。分け前にあずかるのはおこがましい、とでも思っているのだろうか。小嶋はさらに言う。

「巽くんの人脈がなきゃ、おれたち八方塞がりだよ。最重要証拠物件であるベンツの処理もできなかった。闇のクリーニング屋への窓口なんてだれも知らねえもん」

「そりゃそうだ」

顔色が少しだけ晴れる。

「で、巽くん、肝心の分け前なんだけどさ」

巽がナイフを止め、険しい目を向けてくる。小嶋はそっけなく告げる。

「とりあえず、一人頭二千五百万でいこうか」

いいねえ、と巽の顔が輝く。小嶋は指を折る。

「おれと巽くん、日高くん、それに外の不機嫌な乱暴者で計一億。残りの三千万弱を世話になった竹井兄弟。望月にも少し小遣いをやらなきゃな」

なんだよ、と巽が眉をひそめる。

「遥もおれらと同じかよ」

「あいつが実行部隊に話を繋いだんだ」

ここは譲れない。

「遥がいなきゃ今回のタタキはなかった。日高くんの極秘情報も宝の持ち腐れで終わったかもよ」

ふん、と巽は鼻を鳴らし、まあいいか、とナイフを動かす。小嶋は慰めるように言葉を重ねる。

「他にベンツの処理費用一億も入るし、二千五百万は最低ラインの基本給みてえなもんだから」

そうかあ、と巽が破顔する。

「ボーナス、期待してまっせ」

「まかせとけ」

　二人、万札の山を前に、気持ちの昂揚を抑えられなかった。

　ざまあみやがれ、と巽が叫ぶ。やったぜこの野郎っ、と小嶋はナイフを握った手でガッツポーズを決める。真夜中、草深い山中の作業小屋に二人の高笑いが響く。

　あのー、と声がした。のっそりと大山が入ってくる。二人は胡坐をかいたまま見上げた。大山はグローブのような手でつかんだ携帯を示す。

「先方と話してんだけど」

　裸電球の下、陰影を刻んだ肉厚の顔が浮かぶ。

「処分するベンツなんだけどね」

　抑揚のないバリトンが重く低く、作業小屋に這う。

「人は乗ってるか、と訊かれたんだ」

　人は——意味が判るまで三秒かかった。どっと冷や汗が噴き出す。巽と顔を見合わせ、争うように首をぶんぶん振る。

「いやいやいや、ひとなんていないから、クルマだけだからっ」

　声が裏返ってしまう。そうそう、と巽が真っ青な顔で言う。

「大山ぁ、おれたち、そんなんじゃねえから、クルマだけに決まってんじゃん」

あっそう、と大山は納得し、携帯を耳に当てて出て行く。ふう、と二人して嘆息した。冷や汗に濡れた顔がテカる。

「モノホンのワルはおっそろしいな」

巽が震え声を絞り出す。

「おれたちは所詮、アマチュアってことかい」

そうだな、と小嶋はうなずく。

「闇社会で生きる悪党どもがバリバリのメジャーリーグなら、おれらはプロ野球の二軍にも届かない、安月給の社会人野球ってとこだろ」

「高校球児だったりして」

本物の闇社会の恐怖を骨の髄まで味わった二人は、ナイフをせっせと動かしてレンガを解体し、新札の帯封を切っていった。

結局、ベンツの処理代金は二千万円で折り合いがついた。もし、人が込みならいくらだろう。持ち前の好奇心がぐいと頭をもたげたが、それもすぐに消えた。アマチュアの自分とは関係のない世界、と言い聞かせ、小嶋は黙々と強奪金の整理に没頭した。

午後十一時。すべての作業が終了。小嶋は巽にバリ旅行中の日高の分も含めて五千万を渡した。

シーマで待っていた猪瀬にも紙袋入りの二千五百万を渡す。

「連番の新札は自己責任でマネロンしろよ」

それまでの仏頂面がどこへやら、乱暴者は喜色満面で二千五百万を受け取る。が、すぐに表情が沈む。

「どうした、遥。喜べよ」

助手席の巽がイラついた調子で言う。

「分け前、欲しかったんだろ」

猪瀬は二千五百万の重みを確かめるように両手で持ち、大丈夫ですかね、と言う。

「なにが」

巽は拳を固め、凄むように問う。

「文句があるなら言ってみろ、おれが聞いてやるから」

そんなんじゃないですが、と猪瀬は前置きして語る。

「この作業場といい、渋谷のマンションといい、ちょいと広げすぎな気がしまして」

「だよな」

車内の空気が揺れた。猪瀬と巽が弾かれたように振り返る。後部シートの中央で小嶋は言う。

「おれたち、実行犯じゃないからな」

どういうことよ、と巽が問う。小嶋は言葉を選んで答える。

「丸投げの連続だろ。どうにも自信がないんだよ。だから他人を頼ってしまう。自分の手で苦労して奪ったカネなら、だれにも頼らずとことん突っ走ったと思うけどな」

はっ、と巽は面白くなさそうに肩をすくめ、前に向き直る。小嶋は舎弟分の乱暴者に語りかける。

「だから遥、こういう状況がノーグッドなら自分でやればよかったんだよ、もう遅いけどな」

猪瀬は逃げるように目を伏せる。

「おれんとこには何本も電話が入ってるよ。札付きのワル連中が、一枚嚙ませろ、カネ貸せ、とさ」

キュッ、と乱暴者の喉が鳴る。

る。
「丸投げの代償だ。仕方ねえよ」
アニキっ、すんません、と猪瀬が頭を下げ、紙袋の二千五百万を差し出してく
「しばらくアニキが預かっておいてください」
チキン野郎が、と巽が吐き捨てる。
「そのゴリラみてえなゴツいガタイは見かけ倒しかよっ」
が、猪瀬は取り合わず、アニキ、お願いします、と決死の形相で頭を下げる。小
嶋は仕方なく受け取った。
結局、猪瀬には百万をバラの紙幣で渡して、残りは必要なときに必要なだけ、と
なった。「おれはキャッシュカードかよ」と小嶋は笑った。が、猪瀬はにこりとも
せず、エンジンを始動させ、ヘッドライトを点け、シーマを発進させた。
その夜、小嶋は八王子駅前のビジネスホテルに投宿し、明日から始まる大仕事に
備えた。トランクに現ナマ一億円を積み込んだベンツの処理である。

第九章
迷　走

翌日、午前中、小嶋は梶谷と電話で連絡を取り合い、ベンツ受け取りの段取りを決めた。昼、望月をビジネスホテルに呼び出し、部屋の質素なソファセットでカップラーメンを食いながら言う。

「望月、よーく聞けよ」

はい、とちっぽけなテーブルの向こう、カップラーメン片手に見つめてくる。いつものようにサンダル履きの白ジャージ。大丈夫だろうか、と一抹の不安を覚えつつ告げる。

「おまえに大事な仕事を任せる」

瞬間、目を見開き、やります、とカップラーメンのスープをぐいと飲み干し、鼻の穴をおっぴろげて迫る。

「ボス、おれ、なんでもやりますっ」

やる気満々だ。小嶋は厳かに指示を出す。

「茨城県の牛久市に行ってもらう」

うしく、うしく、とぶつぶつ呟き、大きくうなずく。よっしゃあ、と両手で膝を叩き、ソファから勢いよく立ち上がろうとする。

「ちょっと待った。まだ場所、言ってねえだろ」

ああ、と腰を下ろす。

「おまえ、牛久大仏観て帰ってくるつもりかよ」

ちょいと入れこんじゃって、と望月は肩をすぼめて恐縮する。ふう。疲れる。

「ガソリンスタンドだ。住所はここ」

メモを渡す。望月は両手で恭しく受け取り、食い入るように見つめる。小嶋は具体的な指示を出す。

「ガソリンスタンドの事務所に封筒が預けてある。それを受け取って持って来い。簡単だろ」

望月はメモを睨みながら、封筒を受け取って持って来る、と何度も復唱する。

事務所に預けた封筒にはベンツのキー、および保管先を記したメモが同封してある。トランクに一億の現ナマを積んだベンツだ。梶谷の配慮でリスクを分散すべく、キーとベンツを別々の場所に分けたのである。

普通の使いならその場で封筒を開けてベンツのキーと保管先を確認。そのまま移動し、ベンツを運転して戻ればいいのだが、望月は普通じゃない。牛久で封筒を受け取り、持ち帰るだけでいっぱいいっぱいだ。

肝心のベンツの受け取りは、また改めて別の人間に振る予定だった。望月は封筒だけでいい。さすがに現ナマ一億を積んだベンツは任せられない。

「封筒、開けなくていいからな」

はい、とうなずき、開けない、開けない、と宙を睨んで呟く。あまりに真剣な面持ちに、なんか切なくなる。トロモチなりに一生懸命なのだ。

小嶋には狙いがあった。一生ついていきます、と慕ってくる望月である。小遣い、という名の分け前を渡す以上、相応の仕事をさせなければ周囲に示しがつかない。使い勝手のいい運転手、雑用係だけでは、いつまでもトロい望月、トロモチで終わってしまう。小嶋なりの親心だった。

よしっ、と望月は立ち上がり、「おれのスカイラインでひとっ走り、牛久まで行ってきます」と、いまにも飛び出しそうな勢いで言う。小嶋は、待て、慌てるな、と制する。

「付き添いも頼んであるから」

つきそい？　と望月は首をかしげる。

「竹井兄弟も一緒に行ってもらう」

はあ、といまいち納得していない表情だ。小嶋は朗らかに言う。

「その方が心強いだろ。信太と総太。筋金入りの遊び人とイケイケの極道だぞ」

そりゃあ、まあ、と答えながらも憮然としている。小嶋は畳みかける。

「そんだけ大事な仕事なんだからよ」

肩をバンバン叩いて励ましてやる。

「あくまでメインはおまえだからな」

ほんとっすかあ？　と疑り深い目を向けてくる。ホントもホント、と小嶋は笑顔で返す。

「スカイライン、ぶっとばすの、おまえだろ。メインに決まってんじゃん」

そうかあ、と無駄にハンサムな顔が輝く。納得したようだ。小嶋はほっと安堵の息を吐く。

ナビも上手く使えない方向音痴の望月である。小嶋は、一人では心もとない、と竹井兄弟に同行を依頼した。封筒の件は伝えず、ただ、望月が道を間違えないよう、事故を起こさないよう、注意してくれ、とだけ伝えてあった。

十分後、到着した竹井兄弟と共に望月は出発した。スカイラインの運転席から、ボス、行ってきます、とガッツポーズを決め、シンナーで溶けた歯を剝き、笑顔で去って行った望月がいやに逞しく見えた。万全だな、と思った。なんの問題もない。そう信じた。

午後五時。帰って来たスカイラインには望月一人。都心に戻るという竹井兄弟を途中、京王八王子駅で降ろしてきたのだという。

「いやあ、牛久大仏ってすっごいすね。ちょーでかっ、て感じです」

ビジネスホテルの廊下を歩きながら望月はハイテンションでまくしたてる。

「ボスも一回、見た方がいいっすよ。あれ、ほんと、信じられないくらいでかいもの。もーびっくりです」

部屋に入り、ドアをロックし、小嶋は手を差し出した。

「封筒、くれ」

途端に望月の目が泳ぐ。いやな予感がした。

「ほら、牛久のガソリンスタンドで受け取った封筒だよ。さっさと寄こせ」

いや、その、と視線が定まらず、顔を赤らめ、あたふたし始める。ぐん、と小嶋の頭に血が上る。

「おらっ、どうしたあ、てめえ、まさか牛久大仏見物で満足したわけじゃねえだろっ」

語気が荒くなってしまう。望月は大汗をかき、封筒、たしかに受け取ったんですけどね、と蚊の鳴くような声で答える。

「開けちゃいまして」

開けたあ、と思わず声が上ずってしまう。望月はへどもどして言う。

「そうなんですよ。封筒を条件反射で開けちまったんです。そしたらなんとまあ、ベンツのキーがあって――」

「同封のメモもあったよな」

そうそう、と高圧電流を浴びた猿のようにあごを上下させ、嬉しそうに言う。

「よく知ってますね。まるでMr.マリックみたい」

ばかやろうっ、怒鳴りつける。望月は真っ青になる。

「で、おまえ、なにをどうしたんだよっ、おれにちゃんと説明してみろっ」

それはその、とハンカチで冷や汗を拭い、いまにも泣き出しそうな顔で説明する。

「住所が書いてあったんですよ」

「どこのっ」

「つくば市の中古車販売店です。ベンツが保管してあるって書いてあったんで、そこでもう頭が真っ白になり、ぜーんぶ吹っ飛んじまって」

涙目になり、己の額を平手でぺしぺし叩く。

「どうしてだろ」

「おれが訊きてえよっ」

「そうっすよね」

しゅんと肩を落とす。

間抜けな弟分がしどろもどろに語った内容を整理すると、望月は竹井兄弟と共に何の迷いもなく牛久市から隣のつくば市に向かったのだという。

仮に中古車販売店に到着し、封筒のキーを使い、保管してあったベンツを竹井兄弟が運転してこの八王子のビジネスホテルに戻っていたら、小嶋は「おれの指示と

違うだろう」と怒りつつも、無事、現ナマ一億を積んだベンツの引き取りまで終了
し、結果オーライで褒めただろう。
ところが望月はベンツの助手席を開けて内部をチェックしたうえで、あろうこと
か「小嶋さんの使いでキーを持ってきました」と、ベンツのキーを封筒ごとつくば
市の中古車販売店のオーナーに預けてしまったのである。その後、竹井兄弟とベン
ツの周りでタバコを喫い、缶コーヒーを飲んで談笑。大事な仕事を終えた充実感と
共にスカイラインで帰還した、と。

小嶋はあまりの展開に絶句し、十秒ほどフリーズした後、トロモチのトロモチた
る失態に大激怒。

「なーにが信じられないくらいでっかいだよ、おれはおまえの脳みそが信じられね
えよっ、もうびっくりだよっ、ええ、牛久大仏がそんなにいいならおまえ、一生拝
んで掃除でもしてろっ」

血管がぶち切れそうな勢いで怒鳴り上げ、望月の尻を蹴飛ばし、再びつくば市に
向かわせた。

だが、時すでに遅し。中古車販売店はすでに営業時間を終え、閉店。キーはオー
ナーの手に渡ったまま、トランクに現ナマ一億を積んだベンツも動かせない、とい

う八方塞がりとなった。

小嶋はとんでもない事態に頭を抱え、泣きの涙で梶谷に電話を入れた。嘲笑と罵倒が返ってくると思いきや「判りました」と二つ返事で事態の収拾を約束し、なんとその日の深夜、梶谷は八王子のファミレスまでベンツのキーを持参してくれたのである。

「いや、もう本当にありがとうございます」

キーを手に、テーブルに頭突きを食らわす勢いで頭を下げ、感謝の弁を述べる小嶋に対し、梶谷は「困ったときはお互い様です」とクールに告げ、念を押すようにこう言った。

「ベンツの処理、早急に頼みますよ」

もちろんです、と拳を握り締めて返す。

「もう手はずは整っています。あとはベンツを先方に渡すだけです。明日中にはなんとかできると思います」

「それを聞いて安心しました」

目尻にシワを刻んで微笑み、梶谷は去っていった。なんだろう。生粋のアウトローらしからぬ笑みが気になった。不穏なものが胸にもやっと湧いてくる。

翌日夜、今度は失敗があってはならない、と小嶋自らつくば市に出向いた。八王子には闇のクリーニング屋の窓口、大山圭吾を待たせている。今晩中にベンツを渡す手筈になっていた。

望月の運転するスカイラインで道順を説明しながらつくば市に到着したのが午後八時。営業を終えた中古車販売店の裏に回り、スカイラインを停める。エンジンを切り、懐中電灯片手にシルバーベンツを探す。

「ここです、ボス」

何事もとろいトロモチとはいえ、さすがに二度目となればそうそう迷わない。しかも昨日の大失敗で懲りている。名誉挽回、とばかりに必死の面持ちだ。

小嶋はキーを使ってトランクを開ける。瞬間、絶句し、固まった。一億はどこだ？　トランクライトが照らす空間を凝視する。切り裂かれた現金袋の残骸が複数。それに大量のコイン。五百円玉、百円玉、五十円玉、十円玉——文字通り山となっている。一億はおろか、紙幣一枚ない。うわ、すっげえ、と素っ頓狂な声がする。望月が驚きの表情で言う。

「おれ、こんなたくさんのコイン、見たの、生まれて初めてっす」

それがどうした、と膨れ上がる怒りと絶望を噛み締めて返す。

「ええ、望月、コインを見て嬉しいのか？」

だってこれ、と両手をコインの山に突っ込む。ぐっと持ち上げ、落とす。コインがじゃらっと派手に鳴る。

「百万、いや二百万はありますよ」

こめかみでブチッと音がした。ばかやろう、怒りにまかせて後頭部をはたく。

「てめえ、ここには一億の現ナマがあったんだぞ」

うっそお、と泣きそうな顔で退がる。舌打ちをくれ、持参したスポーツバッグに詰めるよう命じる。トロモチに八つ当たりしても仕方がない。見事にはめられてしまった。

昨夜、八王子のファミレスで見せた、梶谷の不可解な笑みの理由が見えた気がした。こっちがミスったのをいいことに、トランクの現ナマ一億を回収し、代わりにコインの山を置いたのだ。そうに決まっている。

大量のコインをバッグに詰め終え、スカイラインに戻る。ボス、待ってくださいい、と望月が重いスポーツバッグを抱え、ヒイヒイ言いながら追いかけてくる。

「ベンツ、どうするんですか」

「知るか」

頭がグラグラ沸騰してきた。ベンツなんか、もうどうでもいい。さあ、帰るぞ、とスカイラインの助手席に乗る。望月はトランクにスポーツバッグを入れ、汗を拭き拭き、運転席に入る。

「ホントにいいんっすか」

いいんだよっ、と怒鳴る。望月は首をすくめてエンジンを始動し、ヘッドライトを灯す。

「ボロベンツなんかどうでもいい、もう終わりだ」

ボスがそう言うなら、と消え入りそうなトーンで望月が返す。

「いいんじゃないですか」

スカイラインを発進させる。

よくはなかった。八王子駅前のバーで待っていた大山は、ベンツが無いと知るや、途端に顔色を曇らせた。カウンターの隅で虚空(こくう)を睨み、ハイボールを飲みながら小嶋の弁明を聞いていたが、途中で遮(さえぎ)り、こう返した。

「小嶋さんの言い分は判りました。間抜けな子分の失態も了解です。でも、それは今回のビジネスには関係ありませんよね。そんなもん、知るかってことですよ」

おっしゃる通り。

「おれがいま、ここで――」

太い指でカウンターを叩く。コッン、コッン。ピンライトの下、陰影を刻んだ肉厚の顔がゆがむ。

「欲しいのはベンツです」

バリトンが怒りを帯びる。

「小嶋さんは判っていないようだから、敢えて言わせていただきます」

ハイボールをひと口飲む。普通のグラスがショットグラスに見える。この手で殴られたら一発で昇天だろう。

「プロの仕事は結果がすべてです。プロセスは関係ありません。それをくどくど言うのはアマチュアです」

おまえはアマチュアだ、と言わんばかりだ。いや、言っているのだろう。小嶋は肩をすぼめ、コーラをすする。

「外人部隊はプロです。今夜、クリーニングの準備を整えてベンツの到着を待っているんですよ」

万事休す。どうしましょうか、と小嶋は蚊の鳴くような声で問う。ぶん、と風が鳴った。大山が立ち上がる。圧倒的な巨体が迫る。うおっとお。小嶋は咄嗟に腰を浮かし、両腕で顔面をガードする。

「ちょい待ってください」

大山は携帯を取り出す。

「外人部隊に訊いてみます」

それだけ言うと大股でバーを出て行った。ふう、と嘆息し、よれよれのラルフローレンのハンカチで冷や汗を拭う。まったく、なんてことだ。いまさらながら己の短気を悔いた。所詮、何事も甘いアマチュア。もしかして、と黒い予感が身を絞る。外人部隊に拉致され、ベンツの代わりにクリーニングされたりして。山奥に生きたまま埋められる、とか。ぞぞっと背筋が寒くなる。

三分後、戻ってきた大山はスツールに座るなり、ぼそりと言う。

「ヤバイな」

小嶋は息を殺して次の言葉を待つ。死刑判決を待つ被告人の心境だった。

「外人部隊の頭が、いったいどうなってんだ、と激怒してるんですよ」

そうかあ。ますます後先考えない短気が悔やまれる。

「処分用の土地も買ったし、いまさらキャンセルはきかないらしいですよ。屈強な連中が五人ほどスタンバイしています」

弱った。絶望の淵に沈み込んでいく己をなんとか励まして問う。

「おれが生き延びる方法、ありますか」

待ってました、とばかりに肉厚の顔がほころぶ。

「ペナルティを要求しています」

ぬっと二本の指を突き出す。二十万? いや、二百万?

「二千万です」

うめいた。ベンツの処理費用と同じだ。

「それでチャラにするそうです」

判りました、と頭(こうべ)を垂れる。従うしかない。圧倒的な暴力の前で、自分はなにもできないアマチュアと思い知る。コーラがやけに苦かった。

翌日午後、小嶋は池袋駅近くのホテルの喫茶コーナーでひとを待っていた。約束の午後二時に十五分遅れてやってきた梶谷治は悪びれるでもなく、わざわざ呼び出してなんの用ですか、と不満も露わに言う。

小嶋は爆発しそうな怒りをなんとか抑えて返す。

「約束違反じゃないですか」

なにぃ、と眠たそうな目が鈍く光る。負けるか。小嶋は腹の下に力を込める。

「ベンツのトランク、コインしかなかったですよ」

梶谷は五秒ほど目をすえ、ははあ、とあごをしごく。

「だからベンツがつくばの中古車屋に置いたままなのか。失礼しました」

軽く頭を下げる。

「おれはてっきり、ベンツの処理はこれからだと思ってました。何事も慎重な小嶋さんのことだから、あれこれ悩んでいるんじゃねえかと心配しましたよ」

唇をゆがめてせせら笑う。

「で、コインがどうかしましたか?」

すっとぼけた口調で言う。小嶋はぐっと前のめりになり、告げる。

「だから、約束の現ナマ一億、どこにもないんですよ」

それは知らねえな、と梶谷は紅茶をズズッとすする。

「こっちは一億、ちゃんとトランクに入れたんだから」

カップをソーサーに戻す。

「あれじゃないの」

わざとらしく顔をしかめて言う。

「ほら、おたくの子分がやってくれたじゃないですか。牛久のガソリンスタンドで受け取ったキーを、どういう思考回路なのか、つくばの中古車屋オーナーに預けて帰っちまったでしょう。あのとき、どっかの利口な野郎がトランクを開けてガメたんじゃないかな。おれは知らねえけど」

「そんな、無責任な――」

どこが、と凄む。目が据わり、鈍色（にびいろ）の殺気が漂う。

「ミスをしたのはおたくでしょう」

叩きつけるように言う。

「こっちは打ち合わせ通りキーをガソリンスタンドに預け、ベンツの保管場所も明らかにしてますよ。その時点でおれの手を離れています。あんたらが信じられないようなバカばかりやってるから、おれが忙しいなか、真夜中、わざわざ八王子くんだりまでキーを届けてやったじゃないですか。感謝されこそすれ、文句を言われる筋合いはねえな」

正論だ。ぐうの音も出ない。梶谷は悠々と紅茶を飲み干し、いい機会だからおたくに教えてやりますが、と恩着せがましく言う。

「ビジネスってのは弱みを見せた時点で負けなんです。とくにワルの世界じゃそうだ。キーをつくばの中古車屋オーナーに預けちまった時点で、あんたらは負けたんですよ。オーナーがトランクを開けて、現ナマ一億をどっかに移しても判らない。証拠がない」

仮にそうだとすると、と小嶋はここぞとばかりに言葉をはさむ。

「裏で梶谷さんが糸を引いている可能性もありますよね」

空気が一瞬にしてひりつく。小嶋は畳みかける。

「キーが戻ってきたことで、これ幸いとばかりにトランクに積んであった現ナマ一億を取り戻す。あとは知らぬ存ぜぬをとおす。こっちが警察に届けるような話じゃないから、とことんばっくれてそれでお終(しま)い」

小嶋は怒声を覚悟した。へたしたら鉄拳が飛んでくるかも。が、梶谷の反応は意外なものだった。

声を殺してクックツ笑い、つまんねえな、と返す。

「どうせなら、こういうのはどうです」

笑みを消す。

「最初から一億は無かった。トランクの小銭を見て激怒したアマチュア連中が文句を言ってきたら、これ幸いとばかりにえぐいリンチを食らわし、二度とふてえ口をきけないようにする。もちろん、ベンツの処理はきっちりやってもらう」

馬鹿な。いや、あり得るかも。元暴力団幹部の悪党は気持ちよさそうに語る。

「おれはワルのプロだ。荒っぽいヤクザの知り合いがいくらでもいるから、簡単ですよ。おたくも判っているように、警察に助けを求めるような話じゃねえからな。世間の目をシャットアウトしたアンダーグラウンドのなかで始まり、終わるだけだ」

両膝を握り締め、湧き上がる悪寒に堪える。おいおいおい、と梶谷が陽気な声を飛ばす。

「そんな辛気臭い面はやめましょうよ。仮の話なんだからさ」

小嶋はうつむき、両手でこわばったほおを揉む。梶谷が続ける。

「まあ、小嶋さんにも一億三千万くらい渡しているし、ここらで手を打ちましょうや。身体も張ってないのに、あんまり爪を伸ばすとロクなことはありません」

身体も張ってないのに――顔が炙られたように熱くなる。

「ベンツの処理はお願いしますよ」

梶谷は、これでお終い、とばかりに腰を上げる。

「約束なんだ。あとで遥にも連絡を入れておきますから」

よろしく、と軽く手を振り、悠々と去って行く。小嶋はその場からしばらく動けなかった。身も心も、鉛を詰め込んだように重い。


二日後、猪瀬遥が積載車を用意し、ベンツを積んで移動させることになった。ところがまたもトラブル発生。猪瀬がベンツのキーを紛失したうえ、手伝いのワル仲間も待ち合わせの場所を勘違いして現れない。結局、ベンツの処分は中止となり、それっきり梶谷からの連絡は途絶えた。

考えられない不手際の連続に呆れ果てたのか、それとも幼馴染みの猪瀬の不手際を哀れに思ったのか、定かではない。が、いずれにせよ、これ以上、アマチュアの主犯格グループと関わるとろくなことは無い、と距離を置いたのは確かなようだ。

しかし、小嶋は納得できなかった。梶谷に散々凄まれ、コケにされたまま終わる気はない。トランクの現ナマ一億の件もある。理不尽だろうが、逆恨みだろうが、落とし前は付けなければならない。漢(おとこ)として当然のことだ。だが、いまのままでは無理だ。返り討ちが関の山だ。どうしたらいい？

「バカだねえ」

国枝文吾は写真の束をデスクに投げ捨てる。相棒の溜池昭はデスクに広がった写真を揃え、一枚一枚、吟味していく。

午前九時。立川警察署の小会議室。帳場の捜査会議を終え、自動販売機のカップコーヒー片手に入ったのが五分前。会議で配られた写真をざっとチェックし、デスクに放ったベテラン刑事を前に、三十三歳の溜池は昂揚と虚脱が相半ばした、不思議な感覚に陥っていた。

「こんな愚かな連中もなかなかいないだろう」

ですね、と答えながら、写真を見る。場所は茨城県つくば市の中古車販売店。その裏庭に停めたシルバーベンツ。白ジャージ姿のちゃらい男と、ブラックスーツの二人組。なにやら話し込んでいる。

「白ジャージが望月、でしたね」

そう、と国枝はうなずく。

「パチンコのゴトで稼いでいるチンピラだ。クズみたいなもんだ」

次の写真を見る。なにがおかしいのか、ベンツの傍らで三人、笑い転げている。

野卑な笑い声が聞こえそうだ。

「このブラックスーツ二人組が竹井兄弟、と」

国枝はコーヒーを飲み、つまらなそうに応じる。

「兄貴の総太が渋谷のヤクザで、弟の信太は定職を持たない遊び人だ。まあ、負けず劣らずろくでもない連中だよ」

それにしても、と溜池は写真の三人を眺めながら言う。

「全員、リラックスしきってますね」

「警戒心ゼロだ。世の中を舐めきってやがる」

立川市の事件現場および現場近くの防犯・監視カメラ数台に犯行に使われたシルバーベンツと犯人二人の映像が残っており、事件発生二日後には人定も終わっている。渡利透、四十歳、埼玉県三郷市の会社員。木下正明、三十一歳、無職、東京都日野市在住。

ベンツの行方もNシステムの情報を解析して特定。事件三日後にはつくば市内の中古自動車販売店に置かれたシルバーベンツの周囲に、茨城県警と協力して監視カメラを設置している。

「カメラがあることも知らないで、呑気なもんだ。ここまで無防備だと哀れになりますね」

溜池は自分とそう年齢の変わらない連中の運命に少しばかり同情した。しかし、国枝はどこまでもシビアだ。

「ベンツには元極道連中が何人も寄りついているって話だ。なかには現金袋を他のクルマに移し替えて運んだやつもいる。こいつら、まとめて全員、パクってやるからな」

現在、茨城県警と警視庁の合同部隊が極秘裡に各人に張り付き、人定と居住地の特定を着々と進行中である。

「渡利の勤務先のオーナーとその側近も元暴力団員だ。食い詰めたワルどもがよってたかって美味い蜜を吸おうって魂胆だな。情けない」

国枝は四角い顔をゆがめ、吐き捨てる。

「地元で仲間とつるみ、粋がってはいるが、都会で勝負する度胸も根性もない。居心地のいい温(ぬる)い地元でせこい悪さばかりしやがる。おれはそういうダメなチンピラを山ほど見てきたよ。うんざりするぜ」

言葉に力を込める。

「おれはこういうハンパな田舎のワルが大嫌いなんだよ」

ふと、近親憎悪という言葉が浮かんだ。〝多摩の生き字引〟と呼ばれるベテラン刑事。多摩地区を転々として、ついに桜田門とは縁の無かった己の境遇と、郊外で蠢(うごめ)くしかないハンパなワルを重ねてしまい、どうしようもない怒りにかられるのだろうか。

「証拠を固めて、きっちり法の裁きを受けさせてやる」

年若い相棒の複雑な胸中をよそに、国枝はいきりたつ。

「カネは欲しいが、危ない橋は渡りたくない、警察にも捕まりたくない、という卑怯な連中だ。いざ、カネが入ったとたん、セーフティーゾーンから我先にと飛び出し、血眼になって醜い分捕り合戦を繰り広げる恥知らずどもだ。許しちゃいかんだろう」

「国枝さん、質問」

ベテラン刑事は我に返る。険が消え、平常心が戻る。溜池は刺激しないよう、静かな口調で続ける。

「では、グループの主犯はこう推測してよろしいでしょうか」

頭を整理して言う。

「実行犯の渡利透の雇用主である、中古車販売とクルマの修理を請け負う会社のオーナー」

手帳を繰る。あった。

「元暴力団員の梨田吾郎、四十六歳だと」

いや、と国枝はあっさり首を振り、写真の三人に目をやる。

「この望月と竹井兄弟の上にいる男が主犯だ。大ボスだ」

ひと呼吸おいて言う。

「一年と半年前、刑務所から出たばかりの凶暴なワルだ」

溜池を見る。目に決意のようなものが浮かぶ。

「タメちゃん、おれたちがやるからな」

なんのことか判らなかった。

「大ボスを追い詰め、パクるときはおれとタメちゃんが中心になってやる」

「本当ですか」

声が弾んでしまう。日本犯罪史上に燦然と輝くであろう六億円強奪事件。その主犯をこの自分が、新米捜一の溜池昭、三十三歳、階級・警部補が逮捕するというのか。

「うちの署長も、きみんとこの管理官も了承済みだ。おれがばっちり根回ししといたから」

多摩の裏社会に精通したベテラン刑事は得々と語る。

「しっかり頼むぜ、タメちゃん」

溜池は陶然とし、責任感と緊張感で身震いした。が、次の国枝の言葉が背筋を凍らせた。

「グループを裏から操る大ボスは拳銃を所持する凶暴な男だ。心していけよ」

拳銃、ですか、と上ずった声で問う。

「ガキのころからワルで有名でな。バブル時代は銀座の〝地上げの帝王〟と言われた不動産屋の元で派手に稼いでいる。多摩のワルには珍しい、メジャークラスの悪党だ」

〝地上げの帝王〟は、バブルを体験していない溜池でも知っている、アンダーグラウンドの超大物だ。競馬が趣味で、所有したサラブレッドは約二百頭、一レースにつぎ込むカネは数千万、といわれた桁外れの成金だ。まさか、その子分が——。

「バブルが弾けた後はヤクザになり、覚醒剤の所持と使用で二年ほどぶち込まれている。いまは表向き、堅気だが、拳銃は極道時代、兄貴分から預かり、いまもしっかり所持しているって話だ」

「その大ボスの名前は？」

それはだなあ、と〝多摩の生き字引〟と謳われる辣腕刑事は囁く。ワルどもを裏から自在に操る、謎の大ボス。溜池はその恐るべきカリスマの名前をしっかりと頭に刻みつけた。


ほらあっ、と膝に抱いたボストンバッグのジッパーを下ろし、開いてみせる。

「ホントだろ」

キャアーッ、女の子たちの黄色い声が上がる。午前一時。新宿歌舞伎町のキャバクラ『エンジェルハート』。

赤や黄色の電飾が輝き、化粧と香水、アルコールの匂いが渦を巻く。安っぽいステージでは自意識過剰なキャバ嬢軍団が下手くそなダンスを踊り、調子っぱずれの唄をがなる。

すっごいねえ、とテーブルに付いた女の子三人がそろって顔を寄せる。みせてみせて、とミニスカートの女の子が尻を振ってのぞき込んでくる。がぶり寄りのパンティ丸見えだ。気分がいい。

アニキぃ、猪瀬が耳元で囁く。

「やっぱ、女、カネを目にすると変わりますね」

「あったりまえだ」

ボストンバッグに詰め込んだコインの山。一億の現ナマの代わり。

「カネの前じゃあ、女はみんなリビドーが解放され、発情するんだよ。人類の常識、繁栄のセオリーだろ」

はあ、と猪瀬が頭をかく。

「おれ、難しいこと、よくわかんねえから」

小嶋は舌打ちをくれ、右手をバッグに突っ込み、コインをつかみ出す。

「これが札束ならなあ」

手を開く。五百円玉や百円玉がキラキラ光って落ちる。うわあっ、と女の子たちが歓声を上げる。

「いまごろウハウハなのになあ」

乱暴者がしょぼんと肩を落とす。封をしていた屈辱が小嶋の脳みそをじりじり焦がす。外人部隊にペナルティの名目で二千万も毟(むし)られた大間抜け。梶谷にもあっさり返り討ちにあっちまったし。こりゃあ飲まなきゃやってられねえな。

「おじさんにちょうだい」

カラのグラスを突き出す。赤い髪の女が受け取り、アイスペールの氷を入れようとする。ダメダメ、小嶋は指を振る。

「どんとストレートでいってちょうだいよ」

大丈夫？ と細い眉を寄せる。小嶋は笑いかける。

「ウィスキーの本場、英国じゃあ氷とか水で割るやつはモノホンの酒飲みじゃないんだよ」

ホント？ と怪訝そうながら、ボトルを注ぐ。小嶋は生のウィスキーをたっぷり満たしたグラスを受け取り、かんぱーい、と高々と掲げ、喉に放り込むようにして飲む。火の玉が喉を駆け下り、胃袋でドカンと爆発する。湿った熱が湧き、首筋が灼ける。口から火を噴きそうだ。涙がじわっと滲む。

やったあ、と女の子たちが拍手する。アニキ、すっげえ、猪瀬が驚きの顔だ。ぐわん、と頭蓋のなかで重い音が響き、熱い酔いが回る。視界が揺れる。

「遥、見てろよ」

ボストンバッグを大きく開き、テーブルにどんと置く。

「コインの意地、見せてやる」

小嶋は首を伸ばし、はいはい、みんな、集まって、とテーブルはもちろん、カウンターでお茶を挽いていた女の子たちも手招きする。なになに、と興味津々の様子で集まってくる。十人はいるだろう。

「コインのつかみ取り大会だよ」

ええっ、全員目を丸く剝く。小嶋はボストンバッグに手を入れ、盛大にかき回す。コインが渦を巻く景気のいい音が響く。

「みんなはお上品だからお手々が小さいでしょ。だから両手を使ってかまわないからね」

口が大きく開いたボストンバッグを前に、ひとさし指を立て、「一人一回こっきりだよーん。順番にどかんとやっちゃって」とおちゃらけ、両手をパンと叩く。

「はい、スタートっ」

一人目が電光石火の速さで両手を突っ込む。リスみたいに可愛いコが顔を火照らせ、必死の形相で両手に山もりのコインをゲット。火がついたタヌキみたいにギャーギャー騒いでいる。次いで二番目、長身のクールビューティが夜叉になり、両手にごっそりつかみとる。こぼれおちた五百円玉をピンヒールで踏み、とるなっ、あたしんだよっ、と吠える。

「こりゃあすげえや」

猪瀬があきれ顔で言う。

「たかがコインだぜ。せいぜい、ひとつかみ二、三万でしょ」

「言うじゃねえか、富裕層」

ぶっ殺す、が口癖の乱暴者は憮然となる。いつの間にか列は延び、キャバクラ嬢全員が並ぶ。三十人はいるだろう。学芸会のようなステージを放棄し、各テーブルの客もほったらかしだ。キーキー、キャーキャー、発情期の豚のような甲高いわめき声が響き渡る。

「これがカネの魔力よお」

小嶋はうなるように言い、両手をラッパの形にして叫ぶ。

「ほらあ、もう無くなるぞ」

列が動揺し、左右に揺れる。表情に焦りが浮かぶ。小嶋はさらに叫ぶ。

「ここから早い者勝ちだあ、いけえっ」

あっという間に列が崩れ、我先にとボストンバッグに殺到する。コインをつかみ、悲鳴を上げ、足が踏まれた、と言って叫び、突きとばし、突きとばされ、黄色いワンピースの女の子が床に転がる。ボストンバッグをつかんで逃げる女がいる。それを追いかけ、引きずり倒す女がいる。くんずほぐれつの肉弾戦が始まる。床に散ったコインを這いつくばって拾う女、女、女。尻も太股も丸出しだ。

「いい眺めだねえ」

ホントに、と猪瀬が言う。

「カネがありゃあ、なんでもできますね」

その通り、と小嶋はボトルをつかみ、逆さにして一気に飲む。ウィスキーが喉を灼き、頭が朦朧としてくる。所詮、あぶく銭。こうなりゃとことんいくまでだ。

第十章　狂龍（クレイジードラゴン）

ああ、シャブやりてえ。

初夏の朝陽がカッと照りつける午前八時。ビルに囲まれた公園のベンチ。目ざめた小嶋は顔をしかめ、二日酔いで痛む頭で昨夜の乱痴気騒ぎを振り返る。コインつかみ取り大会の途中、キャバ嬢に捨て置かれ、激怒した客が騒ぎ、スタッフがなだめ、そいつらと揉み合いになり、猪瀬が客の一人をぶん殴り、女たちがキャーキャー悲鳴を上げ、キャバクラを追い出され——あとは憶えてねえや。

猪瀬はどこだ？　辺りを見回す。ドバトの群れにパンクズを与えるホームレスのじいさんが一人。目が合う。赤く濁った目が射抜くように小嶋を見る。あいつも六億円を狙ってるのか？　とっさに下を向く。バカな。あり得ない。どう見ても、ただのホームレスだ。そっと顔を上げる。じいさんはつまらなそうにパンクズを投げていた。クルックルー、とドバトの群れが呑気に啼く。

小嶋は立ち上がる。右手にボストンバッグ。底に百円玉と五十円玉が一個ずつ。乱痴気騒ぎの残滓（ざんし）。つまみとって握り締め、自動販売機でポカリスエットを買う。キャップを開け、一気に飲む。渇いた喉に沁み渡る。

ぎんぎんに冷たいシャブ、入れてえよ。

気持ちの悪い脂汗が垂れる。ここは歌舞伎町。腐った都。ドン詰まりの楽園。気が塞ぐ。キャバクラの酒と乱痴気騒ぎくらいじゃどうにもならない。逆効果だ。鬱々とした気分がさらにダウンしてしまった。ああ、ハイになりてえ。このままじゃ死んじまう。

ジャケットの懐から携帯電話を取り出し、番号を呼び出す。売人A。三コールで出た。

「どちらさん？」

ざらついた声が問う。百パーセント、闇社会の人間だ。小嶋は紹介者の名前を告げる。売人Aは五秒の沈黙を挟み、なにが欲しいの、と訊いてきた。

「冷たいやつ、ありますか」

冷たいやつ、覚醒剤。

「あるよ。純度抜群のやつが」

コンビニのＡＴＭでカード二枚を使って百万円下ろし、売人Ａと風林会館の手前で落ち合う。地味な吊るしのスーツに薄くなった髪。中肉中背。平凡な丸顔。信用金庫勤めのマジメなリーマンのような中年男だ。

「とっといてください」

小嶋は指先に挟んだ前金、十万円をさりげなく握らせる。わるいね、と懐にしまう。背を向け、歩いていく。

風林会館を通りすぎ、坂道を歩き、こぢんまりしたマンション五階の角部屋。ソファセットと冷蔵庫があるだけのワンルーム。勧められるまま、ソファに腰を下ろす。

「おたくは炙り（あぶ）とポンプ、どっち？」

「どっちもやりますけど、まずは炙りで」

「アルミホイルとガラスパイプがあるけど」

使い慣れたアルミホイルを選択する。売人Ａは冷蔵庫から覚醒剤入りのパケを取り出し、アルミホイルにハサミを添えて差し出す。小嶋は受け取り、アルミをハサミで切り取る。

三年と半年前、福生署に覚醒剤取締法違反で逮捕されて以来の炙りだ。長さ十五センチほどのアルミを短冊状に折り込み、ライターで軽く炙って焼きを入れておく。結晶を炙り、溶け出したときの広がりが良いように。常習者の常識だ。

アルミホイルで吸引用のストローもつくり、準備ＯＫ。結局、覚醒剤と縁を切れなかった。六億円のせいだ。おれには重すぎる。

黄色みがかった結晶をアルミホイルに載せ、ライターで下から炙る。さっと液体に変化し、真っ白な煙となって立ち上る。それをストローで一気に吸い込み、呼吸を止め、目を閉じる。虹色の光が乱舞する。十五秒後、鼻から吐き出す。柑橘類に似た味が残り、とろりとした快感が湧いてくる。これだ。あれほど鬱々としていた気分が一気に晴れる。

「ポンプ、やってもいいですか」

「どうぞ」

売人Ａは使い捨ての注射器とミネラルウォーターのボトルをテーブルに置く。小嶋は注射器に覚醒剤を入れ、ミネラルウォーターを吸い上げた。覚醒剤が溶けていく。

シャツの左袖をまくり、親指を内側に手を強く握り締める。浮いてきた静脈に注射針を慎重に刺す。静脈をとらえたのを確認して、中筒を軽く引く。血液が赤い糸となって注射器に入ってくる。握っていた手を広げ、ゆっくりと中筒を押す。シャブ液が静脈に吸い込まれる。瞬間、くん、と喉の奥が詰まり、鼻に薬品の味が抜ける。全身がさあっと冷たくなり、鳥肌が立つ。首筋から頭頂部にかけてさわさわと刷毛（はけ）で撫でられるような感触が這い上がる。この感じだ。力が満ちてくる。

三年と半年ぶりの覚醒剤を堪能した小嶋は、すっかり元の常習者に戻り、ハイになった。

売人Aからストック分の覚醒剤とコカインを購入し、さらに五十万を払って外に出た。全身に瑞々（みずみず）しい活力が漲（みなぎ）っている。おれは無敵だ。矢でも鉄砲でも持ってこいやっ、おらあっ。

天空で白銀の太陽が輝く。手庇（てびさし）をして仰ぎ見る。眩しい、目を細め、顔をしかめる。額の奥がじりっと灼ける。瞬間、シャブと太陽が溶け、静かに爆発した。視界が鮮やかな緋色に染まる。どろりとした凶暴なものが湧き上がる。

ちくしょう、梶谷の野郎、コケにしやがって。トランクの現ナマ一億、絶対許さねえ。きっちり落とし前を付けてやる。首を洗って待ってろ。無敵の小嶋秀之がいますぐ挨拶に行くから。

震える手で懐の携帯を抜き出す。


強奪事件発生から三週間後の五月末。ついにワルの手が伸びてきた。場所は潜伏先の渋谷区幡ヶ谷のビジネスホテルである。

午前五時半。熟睡の底にあった小嶋は、猪瀬に叩き起こされた。

「アニキっ、起きてくださいっ」

なんだ？　ぼんやりしたまま問うと、猪瀬は泣きそうな顔で訴える。

「チャイナマンに囲まれちまいました」

チャイナマン、中国人——瞬間、覚醒し、がばっと跳ね起きる。狂龍(クレイジードラゴン)の別名、チャイナマン。

狂龍は中国残留孤児二世、三世を中心にした、都内最強といわれる不良グループだ。ヤクザにも平気で突っかかる、ド外れたケンカ屋でもある。

小嶋は冷静に問う。

「どういう状況なんだ」

猪瀬は日頃の傲慢さがウソのように早口で言う。

「チャイナマンが部屋の外の廊下に一人、エレベーター前に一人、ロビーに二人、ホテル前にクルマで二人」

ダメだ。逃げ場がない。

「ケンカ道具も持っています」

「チャカか？」

猪瀬は感電したゴリラのように首を横に振る。

「青竜刀です」

本気だ。覚悟を決めるしかない。

「なにがあった」

猪瀬はバツ悪げにうつむき、頭をかく。

「昨夜、ちょいと飲み過ぎちまって」

「トラブったのか」

はい、とうなずく。深夜、大久保の中華料理屋で、店員の愛想が悪い、と暴れ、皿を三枚叩き割ったのだという。溜め込んだストレスは判るが、腋が甘すぎる。小嶋は苦いものを嚙み締めて問う。

「ケツモチの狂龍が出てきたんだな」

すんません、と乱暴者は深く頭を下げる。

「クソ生意気なチャイナマンにアニキの名前を出したら、ますますおっかない顔になりまして」

「六億円だな」

はあ？　と太い首をかしげる。

「やつら、おれがタタキの絵を描いたと承知してたんだよ」

あっ、と口を半開きにして中空を見つめる。茫然自失、というやつだ。まったく。鈍感にもほどがある。ぶっ殺す、が口癖の乱暴者は哀れ、飛んで火にいる夏の虫か。己の運の無さがつくづく嫌になる。

もしかして、と考えてしまう。もしかして、強奪金ゲットで人生の運を使い果たしたか？　ダメだ。後ろ向きのネガティブ思考では追い込まれるだけだ。ここは腹をくくって正面突破、ゴーフォーブロークだ。

「おれがいまから行くから、頭とサシで話したいと伝えろ」

猪瀬の厳つい顔が真っ青になる。

「マズイです。拉致られますよ」

「大丈夫だろ。拉致る気なら手下を目立つ場所に配置して脅しなんかかけないって。密かに待ち伏せして、出てきたとこをさっとクルマに連れ込んで終わりだ。目的は銭だな」

猪瀬の表情が沈む。

「銭、ですか」

「この場面じゃジタバタせず、相手の懐に入っちまったほうがいいんだよ」

あごをしゃくる。

「さっさと行けよ。ぼさっとしてると短気なチャイナマンが頭に血ぃ上らせて突っ込んでくるぞ」

了解です、と乱暴者が泣きそうな顔で出て行く。

一人残された小嶋はテーブルにコカインのラインを一本作った。長さ二十センチ。ミネラルウォーターで左の鼻孔を濡らし、右の鼻孔を指で押さえ、ラインを一気に吸い込む。目の奥がズキン、と脈打ち、脳天から黄金色のパワーがシュワーッと音をたてて降りてくる。全身に、超強気、と言う名の活力が漲る。おおーっし、ポジティブタンク、フル満タンっ、テンションマックス、上等だ、チャイナマン、青竜刀でもチャカでも持ってこいや、おれが粉砕してやるから。

気分が昂揚したまま部屋を出る。すぐに狂龍のメンバー二人に両脇を固められる。連行されるようにしてエレベーターに乗り、ロビーまで降りる。人相の悪いチャイナマンが二人加わり、四人にがっちり囲まれ、ホテル前のクラウンに向かう。

「おれ、ＶＩＰみたいだね」

反応なし。コカインでハイの状態の小嶋は胸を張り、クラウンの後部座席で狂龍の頭と面談。屈強な子分に青竜刀で脅されながら、一枚噛ませろ、と迫られたが、きっぱり拒否。一千万の現ナマを渡すことで話がついた。

「きみは実に男前だねえ」

頭は小嶋の度胸と太っ腹に恐れ入り、今度メシでも食おう、と誘ってきた。小嶋は、気持ちだけ頂戴します、と丁寧に断り、その場を後にした。

三十分後、コカインの効力が切れた小嶋はベッドに横たわり、堰を切って溢れた恐怖に震え、膝を抱えて泣いた。

第十一章 家族

五月末、警察が小嶋の交友関係をシラミ潰しに当たっている、との噂が耳に入った。東京からしばらく離れるべく、準備を始めたとき、マブダチの巽雅也から連絡があった。

「ちょいとフィリピンへ行くんだけどさ。関空まで付き合わねえか」

建築内装や防水工事の施工技術を現地の若者に教えるのだという。期間は一週間で日当三万円のあご足付きとか。手に職があり、行動力抜群の巽が羨ましかった。

「行こうか。おれもここんとこ、メチャクチャ滅入ってるし」

「そう、気分を変えなきゃ。大阪でたこ焼きと串カツ食えば元気になるって」

六月一日、品川駅から巽と大阪に向かう。夕方、心斎橋（しんさいばし）のビジネスホテルにチェックインし、日本橋（にっぽんばし）の電気街でパソコンをチェックして回った。二人ともパソコンは大好きだ。とくに巽は玄人はだしで、いつも最新のモデルを使いこなしている。この日もソニーのノートパソコンを購入して満足そうだった。

翌六月二日、早朝。ホテルの食堂で朝食をとっていると、衝撃のニュースが飛び込んでくる。立川六億円強奪事件実行犯、逮捕。テレビ画面のテロップを二人、食い入るように見つめた。

渡利透、四十歳、会社員。昨夜、自ら捜査本部のある立川警察署に電話を入れ、都内で逮捕されたという。所持金五百万。

顔写真が大写しになる。丸刈りの厳つい顔。

小嶋くん、と巽が声を潜めて訊いてくる。

「知ってるやつ？」

まったく、と首を振る。

「こんな怖い顔のやつ、遥くらいしか知らねえよ」

巽は目尻にシワを刻んで笑い、だよな、と言う。小嶋は鯵（あじ）の干物を箸でほぐしながら、いよいよだ、と覚悟を決めた。警察の包囲網は確実に狭まっている。渡利なる実行犯は逃げ切れないと判断して自首したのだろう。

「実行犯、もう一人、いるはずだけどな」

　小嶋は独り言のように言う。

「遅かれ早かれ、だな」

「あのさあ」

　巽が味噌汁を飲みながら語りかける。

「おれら、ガタガタじゃん」

　黙って次の言葉を待つ。

「そもそも、実行犯グループのメンバーの面（つら）も名前も知らねえし、分け前もいい加減。ベンツのトランクの現ナマ一億も煙のように消え、外人部隊にはキャンセル料二千万をきっちりとられちまった。しかもだ」

　味噌汁の椀を置き、お新香を齧（かじ）る。

「鼻の利く狂龍（クレイジードラゴン）に二千万、プレゼントしたんだってな」

　ぐう、とうなり、小嶋は身を乗り出す。

「だれから訊いた？」

「噂になってるよ。気の利いたワルならとっくに知ってる」

こともなげに言う。

「だから、全部、自業自得なんだよ。これは運命だな」

食後のお茶を旨そうに飲み、続ける。

「この先、ぼさっとしてると腹を減らしたワルどもからどんどん毟られる。お互い、気をつけねえとな」

おれに迷惑かけるなよ、と言わんばかりだ。小嶋にはもう、返す言葉もなかった。鯵の干物を食い、ご飯をかっこむ。味がしない。

午後二時、関西国際空港で巽を見送る。出発ゲートの前で握手を交わしながら、訊いてみる。

「まさかさあ——」

ひと呼吸おいて訊く。

「遠くへ行っちまうんじゃないよな」

巽は首をかしげ、どこへ、と問い返してくる。

「マニラからどこか遠くへ」

「どうしてそう思うんだ?」

目が尖る。昔の、ケンカ上等のバッドボーイが甦る。握手した手を職人仕込みの怪力で締め上げてくる。小嶋は骨が折れそうな痛みをこらえて告げる。

「巽くんがこのまま警察に捕まるとは思えねえし」

巽は唇をへしまげ、太々しく言い放つ。

「実行犯もパクられちまったし、たしかに海外逃亡にいい頃合いだ」

小嶋は歯を食いしばってうなずく。巽は満足げに目を細める。

「日高くんも帰ってこねえし、海外でのんびり暮らすのもありだな」

ふいに握手を解く。小嶋は痺れた右手を振り、返す。

「なにをやろうが巽くんの自由だ。おれたち、互いに縛りがねえのがルールだからな」

「小嶋くん、おれはちゃんと帰ってくるよ」

巽は出発ゲートに向かって歩きながら手を振る。

「それより嫁さんとガキを大事にしてやんな。いま、カネは腐るほどあるんだからな」

速足で遠ざかる。

「おれたち、いまが楽しければいいんじゃないの？　あんまり先のことを考えるな。似合わねえよ」

じゃあな、と背を向け、ゲートの向こうに消えた。

小嶋の危惧は後に現実のものとなった。巽は予定の一週間が終わり、一ヵ月経ち、二ヵ月がすぎても帰国しなかった。

関空から大阪市に戻る途中、小嶋は寂しくてならなかった。頼りの巽が消え、心の支えがとっぱらわれた気がした。バリの日高も帰ってこない。盤石、と信じたマブダチのトライアングルもあっけなく崩壊した。

夕暮れ迫る大阪の街を眺めながら、寂しさは不安へと変わった。実行犯の渡利透が逮捕された。じきにキーマンの梶谷治も逮捕され、事件に関わった人間がイモヅル式に挙げられていくだろう。不安と絶望に胸が押し潰されそうだ。

天王寺で環状線に乗り換える。思わぬ光景に思考がストップした。嫁さんとガキを大事にしてやんな——巽の温かな声が聞こえる。

電車の長椅子に仲良く腰かけた親子三人。五歳くらいの男の子が両親に「またUSJ、行こうね」と可愛くせがんでいる。

そうだ、ＵＳＪ。いまなら可能だ。次の駅で降り、携帯を操作する。カネはいくらでもある。全身が熱くなる。

三コールで出た。

「秀ちゃん、あんたさあ」

前妻、利江子。いきなりケンカ腰だ。

「こないだ警察が来たけど、なんかやった？」

うおっとお。熱い汗がどっと噴き出す。渇いた喉を引き剝がす。

「サツ、どうした」

声が上ずってしまう。どうもこうもないよお、と元妻はドスを利かせてまくしたてる。

「アッタマきてさあ、とっくに離婚したんだから関係ないだろ、もう来んなっ、と塩撒いてやった」

さすがは八王子の鬼夜叉、と謳われた元レディース。気合が違う。ますます惚れる。

「利江子、なんも考えずにさ、遊びに来いよ」

「どこへよ」

声に警戒心がある。当然だ。これまでの数々の悪行が頭をよぎる。

「いま大阪にいるんだ」

おおさかぁ、と素っ頓狂な声が返る。

「ちょいとヤボ用でな。茜も一緒にＵＳＪ、行こうぜ」

「カネないもん」

「おれに任せろ」

ひと呼吸、おいて言う。

「大阪ロワイヤルに泊めてやるから、新幹線のグリーンで来い。判ったな」

大阪ロワイヤルはベイサイドに立つ超高級ホテルだ。極道の時分、親分のお供で泊まったことがある。

「いつも身勝手だね」

「これが最後の身勝手だ」

沈黙。小嶋は携帯を握り締めて待つ。

「判った」

決然とした声音が胸に沁みる。

「明日、行くから。じゃあ」

携帯が切れる。最後の身勝手、か。大阪ロワイヤルに電話を入れ、明日の部屋を予約した。一泊十二万のエグゼクティブルーム。どうってことない。カネはいくらでもある。が、残された時間はそれほどない。

翌朝、ニュースが入る。二人目の実行犯逮捕。場所は日野市の実家。元ホストの木下正明、三十一歳、無職だという。所持金は四万円。渡利の五百万と較べてあまりに少ない。この木下という男がなんとも哀れになった。

午前十時、新大阪駅。茜はたまにしか会えない父親を認めるなり、パパァ、と抱きついてきた。くりっとした瞳とちょいと上を向いた鼻。ふっくらした桜色のほっぺ。可愛い。自然と顔がほころんでしまう。だっこしてやる。わーい、と無邪気な歓声を上げる。

「秀ちゃん」

利江子だ。バランスのとれた長身にネイビーブルーのカットソーと黒のレザーパンツ。彫りの深い派手な顔に、切れ長の鋭い目。はい、と右手を差し出してくる。

「グリーンの運賃、二人分。三万と六百円ちょうだい」

ああ。茜を下ろし、財布から四枚の万札を抜き、差し出す。利江子は、お釣りないよ、と唇を尖らす。

いいって、気にすんな、と小嶋は手を振る。

「朝飯食ってジュースも飲んだんだろ。とっとけよ」

利江子はなにか言いたそうにしていたが、四万を二つ折りにしてポケットに突っ込む。そして、しらっとした目を向ける。疑心暗鬼の色がありありだ。心臓がドキドキした。

「スロットで大当たりしちゃってよ。懐があったかいんだ」

べつにいいよ、と利江子は冷たく言い放つ。

「あんたがどうやって稼いだのか、興味ないし、知りたくもない」

賢明だ。さすがは極道の元妻。

「茜、パパにいっぱい甘えな」

別人のような朗らかな顔で言う。

「パパ、お金持ちだから」

うん、と足にすがりついてくる。そらあ、と高い高いをして抱っこする。親子三人でタクシー乗り場に向かう。知らない人間が見たら、と想像する。幸せいっぱいの家族にしか見えねえだろうな。小嶋は茜を片腕で抱え、胸を張って歩いた。

その日はＵＳＪでめいっぱい遊び、夕方、大阪ロワイヤルにチェックイン。三十階。大阪湾を望む、眺望抜群のエグゼクティブルームだ。茜は、お空を飛んでいるみたい、とはしゃぎ、利江子も、いい部屋じゃん、とまんざらでもなさそうだった。

茜と大きなバスタブに入り、バブルソープで盛大に泡立たせて遊ぶ。泡を顔にくっつけ、キャーキャー喜ぶ茜を見ているとこっちまで幸せになる。

「パパ、がおーちゃん、見せて」

よし、と背中を向ける。自慢の昇り龍の刺青（いれずみ）を、茜は〝がおーちゃん〟と呼んでいる。

「がおーちゃん、かっこいい」

これで見おさめだからな、と心の中で告げる。

「がおーちゃん、だーいすき、パパもだーいすき」

紅葉（もみじ）のような手で背中をパチパチ叩かれながら、不覚にも涙がこぼれた。

ルームサービスで豪華な夕食を摂（と）り、酒を飲んだ。キングサイズのベッドのど真ん中で気持ちよさそうに眠る茜を眺めながら、丸いブランデーグラスをかたむける。利江子はライム風味のカクテル、チャイナブルー。

「いい子に育ててくれてありがとうよ」

ほろ酔い気分で礼を述べる。が、利江子はシビアだ。

「これからが大変なんだから」

激しく同意する。ろくでなしの元夫としては、いまできる限りの誠意を見せるしかなかった。ヴィトンのセカンドバッグから厚みのある封筒を取り出す。

「これ、ほんの気持ちだから」

なに、と柳眉をひそめる。

「三百万、ある。養育費もまともに払ってこなかったし」

「いらない」

利江子はそっけなく言い、チャイナブルーを飲む。三百万の封筒は宙に浮いたままだ。

「いまのあんたのカネ、もらいたくないんだ」

汚れたカネで茜を育てたくない、と言わんばかりだ。利江子はガラス窓の外を眺める。藍色に染まった大阪港と光溢れるビル群。利江子の瞳が潤む。

「ホントは感謝してるんだよ。茜の向日葵みたいな笑顔、いっぱい見られたし、こんな豪華なホテルにも泊めてもらったし。一生に一度の贅沢だよね。秀ちゃんのカネで散々遊んどいて、いまさらなんだ、と思うかもしれない。でも――」

目を伏せ、意を決したように言う。

「現ナマをもらうのはいやなの。我儘だけど、ゴメンね」

いや、と封筒をセカンドバッグに戻す。

「判るよ、おまえの気持ち」

カネに汚いもきれいもあるかっ、と怒鳴りつけることができたらどんなにラクだろう。だが、できない。

「おれは家族の真似ごとをさせてもらっただけで満足だから。こっちこそ感謝してる」

ブランデーグラスをかたむける。どろりとした酔いが回る。大阪湾の夜景が滲んでいく。

第十二章
チーフスペシャル

　大阪から東京へ戻った小嶋はワル仲間の家やホテルを転々としながら、カネにあかせて遊びまわり、酒を飲み、クスリをきめた。ひたひたと迫る警察の足音が怖かった。

　七月に入ると鬼塚明が逮捕された。埼玉県三郷市の会社オーナー、梨田吾郎から強奪金の移動だけで一億円をせしめた元暴力団員である。栃木県内で逮捕された鬼塚は現金六千万円が入ったボストンバッグと拳銃二挺（ちょう）、実弾二十八発を所持していた。

　さらに鬼塚の知人男性が住む川崎市内のマンションから施錠したスーツケースが

見つかり、中から一億五千四百万円の現金が発見されている。鬼塚が所持していた分と併せて二億千四百万円。梶谷が危惧した通り、鬼塚は梨田から優に二億を超える現金を引き出していたのである。

八月中旬。都内を転々としていた小嶋は代々木のマンスリーマンションに潜伏する。ここで思わぬ儲け話が舞い込んできた。

うだるような暑い日、ワル仲間の紹介で、ジョーと名乗る優男（やさおとこ）がアンダービジネスを持ちかけてきたのである。ジェルで固めた短髪に、細身のストライプスーツ。オレンジのネクタイ。年齢は三十前後。

「小嶋さんをプロ中のプロと見込んでお願いがあります」

冷房をガンガンに効かせたワンルームのキッチンテーブルでジョーは背筋を伸ばし、慇懃に依頼を口にした。

「うまくいけば億のカネになります」

優男の目に、試すような色がある。小嶋は考えた。こいつは六億円事件を承知しているのか？　承知したうえで、危険なビジネスを持ちかけているのか？　だとしたら安目（やすめ）の対応はできない。億のカネがどうした。こっちは日本犯罪史上最高額、六億円強奪事件の絵を描いた男だぞ。こんなスカした、ぽっと出の若造に舐められてたまるか。小嶋は両腕を組んだまま椅子にもたれ、黙って耳を傾けた。

ジョーは、仕切り直し、とばかりに空咳を吐き、居住まいを正して続ける。

「派手に稼いでいる詐欺グループがありましてね。ぶっちゃけて言えばオレオレ詐欺です」

「儲かるんだってな」

それはもう、と自信満々に言う。

「仕事のできるメンバーを確保し、詐欺のマニュアルと小金持ちの名簿、トバシの携帯、マンションのひと部屋さえあれば月に一億も可能です」

こいつもメンバーの一人だろう。格好といい口調といい、荒んだワルの匂いは皆無。一見するとIT企業のビジネスマン。頭と口で勝負するタイプの男だ。ジョーは立て板に水で語る。

「この詐欺グループのトップが女とハワイへ十日間の旅行を計画していましてね。その留守中、自宅の金庫の現ナマをどーんと奪って欲しいんです」

「その金庫に億か？」

ジョーは口元で微笑む。

「現ナマ二億三千万は固いです」

へえ、と声が出た。が、まだ先があった。

「その他に高級時計ですね。ロレックスからパテックフィリップ、ブレゲ、オーデマ ピゲなんかがザクザク。女も住んでいるから、ダイヤモンドも真珠のネックレスもあるようです」

「それできみら、どういう絵を描いてるの。まさかガラスを叩き割って侵入して、金庫を丸ごと運び出せってわけじゃないだろ」

おっとお、とジョーは苦笑し、さすがは多摩のカリスマ、とよいしょする。多摩のカリスマ、ねえ。お世辞でも悪い気はしない。ジョーは、ここが肝ですけどね、と前置きして説明する。

「キーマンはナンバー2なんですよ」

つまり、トップの下。側近。

「トップの留守中、ビジネスまで休むわけにはいきません。ナンバー2がマンションと金庫のカギを預かり、運営していきます」

「マンションのカギ開けて、警報を切っておくから留守の間にとっとと盗み出してちょうだいってわけか」

まさかあ、と白い歯を見せて爽やかに笑う。小嶋はうなずく。

「だよな。それじゃあ、まるで立川の六億円事件だ」

沈黙。ジョーは笑みを消し、きまり悪げに下を向く。間違いない。こいつは六億の件を知っている。そして多摩のカリスマこと、小嶋秀之の腕を見込んでビジネスを持ちかけてきた。

「きみが描いた絵を言ってみろよ。聞いてやるから」

上から目線で言う。ジョーは渋い面になり、どうかなあ、と自信なげに返す。

「つまり、ナンバー2が拉致られ、脅されてマンションの金庫を開ける、という絵です」

なんだ。そんなことか。全身の緊張が解けていく。

「仮にも詐欺グループのドンだろ。一発で狂言、出来レースと見抜くぞ。ナンバー2はなぶり殺し。おれまで危ない」

時間の無駄だった。お引き取り願おう。腰を浮かす。

「待ってください」

ジョーは慌てて付言する。

「小嶋さん、よーく考えてください。ただの狂言芝居を多摩のカリスマに依頼するわけないでしょう」

険しい目を向け、嚙んで含めるように言う。

「根性のあるプロに一発で決めてもらって初めて可能な、極めてシビアなビジネスです。勢いだけのトーシロじゃ無理なんですよ」

どういうことだ？　その決死の形相に俄然興味をおぼえ、座り直す。ジョーは切々と語りかける。

「ナンバー2は覚悟を決めています。人生大逆転の、一世一代の大勝負です。ずばり、ナンバー2の取り分は現ナマ一億ぽっきり。それだけです。貴金属類もそっちで処理してもらってかまいません」

金庫には現ナマ二億三千万。他、高級腕時計等がザックザク。となれば、ナンバー2に現ナマ一億を渡し、こっちは一億を遥かに超える報酬をゲットか。悪い話じゃない。なあ、ジョー、と小嶋は片ひじをつき、顔を寄せる。

「そのナンバー2、どう覚悟を決めてんだ？」

ジョーはおもむろに右腕を伸ばし、拳銃を撃つ真似をする。

「弾いてください」

「だれを」

「ナンバー2を」

絶句した。

「腕か足を死なない程度に」

「運が悪ければショックと出血多量で死ぬぞ」

「だから小嶋さんに頼むんじゃありませんか。これはナンバー2、たっての希望です。一発で決めてください」

なるほど。そのナンバー2とやらの覚悟は大したものだ。多摩のカリスマ、人生大逆転を狙うナンバー2を弾く、か。

「チャカは？」

「できればそれも込みで」

ジョーはさらりと言う。なるほど。

「最初からそのつもりか」

ジョーは自分の耳を指で弾き、地獄耳ですから、とひと言。そうか。そこまで承知か。闇社会の情報網に改めて舌を巻いた。

ジョーは、釈迦に説法を承知で言いますが、と如才なく続ける。

「盗られた現ナマと貴金属類はオレオレ詐欺の稼ぎです。警察に届けられる種類のものじゃない」

太々しい笑みを浮かべる。

「だから六億円強奪事件とはちがうでしょ」

小嶋は目を据えたまま、たしかに、と返す。

「オレオレの親玉は泣き寝入りするしかねえな」

「全幅の信頼をおくナンバー2も弾かれるし、踏んだり蹴ったりですよ」

ジョーの顔が愉悦にゆがむ。もしかして、と小嶋は思う。この男、親玉に猛烈な恨みがあるのかも。女を寝取られた、とか。今回のタタキの目的も、ナンバー2と結託していずれは親玉の全財産を溶かし、詐欺グループを乗っ取る算段だったりして。ますます面白い。一枚噛ませて欲しいくらいだ。

「オーケー、やろうじゃないの」

右手を差し出す。ジョーががっちり握る。商談成立。小嶋は身体の奥から放射する心地よい熱を感じた。これは丸投げの六億円強奪事件とはまるっきりちがう。自分の手で現ナマを奪う、モノホンの強盗だ。スティーブ・マックイーンだ、『ゲッタウェイ』だ。こうなりゃ、渋谷のアリ・マッグロー、桜井美里を誘おうかな。ひと仕事終えた後、億のホットマネーに囲まれ、二人で狂おしく燃え上がったりして――。

ジョーがぽかんと見ている。ダメだ。桃色の妄想に浸っている場合じゃない。でれっとゆるんだ顔を引き締める。

ジョーが帰るやすぐに望月に連絡を入れ、明日の段取りを整えた。これが本来のおれだ。多摩のスティーブ・マックイーンだ。

ところがその夜、またも逮捕のニュースが入る。猪瀬遥である。都内で職務質問を受け、逮捕されたという。警察へ連行中の映像も流れるトップニュースだ。

小嶋はテレビカメラに向かって親指を立て、メンチを切るゴツいならず者を眺めながら、職務質問（バン）をかけられて当然、と納得した。

いよいよだな、と覚悟を決める。捜査の足音はすぐそこまで迫っている。急がねば。

翌日、午前十時。望月のスカイラインで奥多摩に向かう。相変わらず方向音痴の弟分に道を指示しながら走る。

「おまえ、おれのこと、ナビと勘違いしてんじゃねえの」

「ナビにボスがいれば完璧です」

望月は嬉しそうに言う。

途中、青梅街道沿いのホームセンターで軍手とスコップ、長靴、レジャーシート、虫よけスプレーを買う。途端に望月の顔が暗くなる。スカイラインに戻り、奥多摩に向かって走る。
「ボス、キャンプでもやるんですか」

ハンドルを握る手が震えている。小嶋はこみ上げる笑みを噛み殺して言う。

「なんで野郎が二人、キャンプしなきゃいけねえんだ」

「息抜き、とか」

ユニークだな、相変わらず、と胸の中でごちながらタバコに火を点ける。

「買い込んだ道具、見たら判るだろ」

さあ、と首をひねる。小嶋はタバコを喫い、目を細める。

「ヒント、行き先は奥多摩のすっげえ山ん中です」

望月の喉がきゅっと鳴る。真っ青だ。タバコが旨い。

「ヒントその二、絶対にひとが来ない、マムシ谷というとこの先です」

もしかして、とかすれ声が漏れる。が、後が続かない。

「望月、おまえも男だろ。途中で言葉を呑み込むなんて情けねえぞ」

はい、とうなずく。こめかみを脂汗がたらりと流れる。

「やっぱ、殺すんですか」

「だれを」

「おれを」

小嶋はなにも言わず、ゆっくりとタバコをくゆらす。スカイラインは武蔵村山市を走っていた。上下六車線の幹線道路を大型トラックやタンクローリーが轟音を上げてかっ飛んでいく。前方に、薄く靄のかかった奥多摩の山々が見える。あと三十分程度か。ふっ、と紫煙を吐き、問いかける。

「どうしてそう思うんだ」

それは、と望月はしゃがれ声を絞る。

「おれが六億円事件を知る男だからです」

もちづきぃ、と肩をつかむ。にっと笑いかける。血走った目が痙攣している。

「おまえも成長したなあ」

肩を軽く叩く。

「当たりだ」

瞬間、視界が大きく揺れた。スカイラインが蛇行する。望月が顔をひきつらせ、両手で頭を抱える。マジか。パアーンッと凄まじいクラクションが炸裂する。蛇行したスカイラインが対向車線にはみ出す。ゴオー、と大型タンクローリーが迫る。

激突する。おわあっ、ハンドルをつかみ、大きく左に回す。タンクローリーの鼻先をかすめる。危機一髪。

望月、冗談っ、ジョ——クッ、と大声を張り上げる。我に返った弟分はハンドルをつかみ、決死の形相で車体を立て直す。

ふう、と息を吐き、足元に落ちたタバコを拾って喫う。いやに苦い。

ばかだねえ、とか細い声で言う。

「おまえを殺すわけ、ねえだろ」

短くなったタバコを灰皿にねじ込む。

「実行犯二人に元ヤクザ、猪瀬、と次々に逮捕されてんだ。いまさら使いっ走りのおまえを殺してどうなる」

でもボス、と望月が思い詰めた顔で言う。

「おれは使いっ走りのトロモチですけどね」

涙声になる。

「ボスにならおれ、殺されても文句言いません」

潤んだ目を掌(てのひら)で拭う。

「どうせこの先、いいこともなさそうだし」

二十六歳の弟分は、老い先短い老人のように言う。小嶋にはかけるべき言葉が見つからず、ラジオをつけた。調子っぱずれの唄が響く。女の子のグループが、あんたが欲しい、とか、あんたを愛している、と下手くそな英語で叫んでいた。

平和だねえ。

奥多摩のキャンプ場の駐車場にスカイラインを停め、長靴を履き、スコップ片手に山に向かう。濃い緑が目に痛い。望月は脱いだジャージの上衣を腰に巻き、大汗を垂らしてついてくる。ぎらつく夏の太陽が首筋を容赦なく灼く。熱い。

湧き水が溢れる石壺の前で小休止。凄まじい蟬時雨(せみしぐれ)が四方八方からわんわん降ってくる。全身に虫よけスプレーをふりかける。望月が湧き水で顔を洗いながら問う。

「ボス、遠いんですか」

この先だ、とスコップで暗い杉木立を縫う林道を示す。ひええ、と望月は身をよじらせ、水分補給しなきゃ、と湧き水を浴びるようにして飲む。

林道の途中、目印の杉の切り株から左に折れ、獣道(けものみち)のような小道を進む。藪を漕いで傾斜を上(のぼ)り、次いで急斜面を下(お)りる。陽が射さない谷底を歩く。重い、もったりした湿気が淀んでいる。蒸し熱い。まるでサウナだ。

「ここらがマムシ谷」

うえっ、と望月が叫び、恐る恐る足を踏み出す。

「観光客はもちろん、地元の人間も足を踏み入れないから絶対見つからねえ」

なにがですか、と問う望月を無視して歩く。草むらを踏みわけ、再び傾斜を上る。わっせ、わっせ、とひたすら歩き、樹木に囲まれた広場に出る。バレーコートくらいの広さだ。

目印の空き缶があった。土に半分埋まって錆びているが、これに間違いない。右に六歩、左に八歩。よし、このあたり。軍手をはめ、スコップで直径一メートルほどの丸い切れ込みをつくる。ひと息入れて本格的に掘り始める。五十センチほど掘ったところで望月に交代。が、肉体労働とは無縁の不健康なチンピラは五分もたずに音を上げ、ヘナヘナと座り込んだ。どけ、と脇に押しやり、スコップを奪い取ってひたすら掘る。十分、十五分。汗が目に沁みる。ダメか、と諦めかけたとき、青いビニール袋が見えた。

スコップを投げ捨て、両手で周囲の土を慎重にかき出す。ビニール袋を破ると、縦横二十センチほどのプラスチックタッパーが現れる。あった、これこれ、と小嶋はそっと両手で持ち上げ、頬ずりして持参した布袋に入れる。

「なんですか、それ」

怪訝そうな望月に、お宝だよ、と告げ、その場を後にする。望月はスコップを担ぎ、息を喘(あえ)がせてついてくる。

スカイラインに戻り、東京へ向かう。途中、青梅市のカラオケボックスに入り、お宝を点検する。

ブルーシートを広げ、中央にプラスチックタッパーを置き、蓋(ふた)を固定したビニールテープを慎重に剝(は)がした。望月は傍らで息を詰めて見守る。

そっと蓋を開け、乾燥剤に埋もれたタオル巻きのモノを取り出す。タオルをほどくと、黄色い油紙に包まれた塊(かたまり)が現れる。四年と半年近く前、埋めたお宝。

マスキングテープで留めた油紙を丁寧に剝ぐ。黒光りする鋼(はがね)に自然とほおがゆるむ。ふえー、と望月が素っ頓狂な声を上げる。目を丸く剝き、驚きの表情だ。無理もない。

米国製の回転式拳銃(リボルバー) S&W(スミスアンドウェッソン)M六〇。通称、チーフスペシャル。三十八口径。重さ五百五十グラム。全長十六センチ余りの、大男なら掌(てのひら)に収まるポケットリボルバー。

「ボス、モノホンですか」

望月が間抜け面で訊いてくる。

「当たり前だろ」

グリップをつかみ、銃口を向ける。望月はのけぞり、両手を挙げ、ホールドアップの格好になる。ボス、やめましょう、とひきつった声を出す。

「望月、見てみろよ、この滑らかな動き」

親指でハンマーを起こす。シリンダーがぐるりと回る。望月の目が血走り、額に玉の汗が浮く。

「グリースをたっぷり吸わせておいたからな」

カチリ、と音がしてハンマーが止まる。発射ＯＫ。ひとさし指をトリガーにかける。やめましょう、と望月が囁く。小嶋はかまわず語りかける。

「これがシングルアクションの状態だ。軽く引くだけで発射するぞ。幼稚園児でも弾ける」

望月の無駄にハンサムな顔が恐怖に濡れる。ほら、とトリガーを引く、カチン、とハンマーが空打ちする。望月は、ぷうーっと息を吐いて脱力し、両手を下ろす。

「ボス、勘弁してくださいよお～」

眉を八の字にゆがめ、泣きそうな顔で訴える。小嶋はタッパーから銃弾の包みを取り出して笑う。

「実弾を装塡したまま保管する野郎なんているか。いたらチャカのイロハも知らねえド素人だ」

銃弾をタッパーに戻す。

「望月、これみろ」

チーフスペシャルの短い銃身を指で示す。

「たったの二インチ、約五センチだ。コンパクトだからこうやって」

懐から抜く真似をする。

「ショルダーホルスターから抜きやすいんだな。スーツにひっかからねえし、収まりやすい。しかも回転式は自動式とちがって弾詰まりの心配がない。日本の私服刑事が好んで使う、超人気の拳銃だ。アメリカの猛獣みてえなヤク中相手だとマグナム弾を使用する大型リボルバーが必要だが、日本人相手ならこれで充分」

へえ、と望月は感心の面持ちだ。気分がいい。

「弾丸は普通のリボルバーなら六発だよな。だが――」

親指で側面のシリンダーラッチを押し、軽く振ってスイングアウトする。振り出したシリンダーに五個の空洞。

「これは五発だ。なにごともシンプルだろ」

再度振ってシリンダーをボディに戻す。

「やっぱボスはすげえや」

望月がうなるように言う。

「チャカの知識も扱いもプロ級なんですね」

まあな、と答えながら、このチーフスペシャルの来歴を振り返る。六年前、極道時代の兄貴分から預かった拳銃。出入りに備えて保管していたが、結局何事もなく、覚醒剤取締法違反で挙げられそうになって、慌てて奥多摩の山に埋めたのが四年と半年近く前。懲役を食らっている間、兄貴分は病死。そのまま山中にほっぽらかしてきた。隠し場所を知る人間はこの世で自分一人。

もっとも兄貴分の周囲には薄々勘づいている者もおり、出所後、幾度か、預かっているチャカを寄こせ、と迫られた。もう堅気だがら、と知らぬ存ぜぬを通してきたが、噂は拡散しつつあるらしい。現にジョーはチャカ所有を前提にタタキの話を振ってきた。

それにしても、と思う。まさか弾く日が来ようとは。さすがに感慨深いものがある。

「ボス、これでタタキでもやるんですか」

望月が目を輝かせて迫る。

「察しがいいな」

やっぱなあ、と感に堪えぬようにかぶりを振る。

「ひとを撃つって、どんな感じなんですか」

そりゃまあ、普通よお、と曖昧に応えながら、焦った。ひとを撃つどころか、試し撃ちもしたことがない。元々、機械類が好きで好奇心旺盛、オタクの傾向もあるから、雑誌やネットで銃の構造と歴史、撃ち方はきっちりマスターしたが、さすがに実弾射撃は別物だ。

不安が真夏の入道雲のように湧き上がる。射撃はトーシロの自分に詐欺グループのナンバー2を上手く弾けるだろうか。殺さない程度に、しかしオレオレの親玉が拉致脅迫を百パーセント納得するように。

グリップを握り締める。鋼の冷たさと現ナマ一億超の報酬。タタキへの昂揚感が不安をあっさり呑み込む。やるしかねえだろ。出たとこ勝負だ。おれは多摩のカリスマ。日本犯罪史上最高額、六億円強奪事件の絵を描いた男。

「ボス、おれもお願いします」

望月がブルーシートに正座して頭を深々と下げる。

「タタキに加えてください」

絶句し、ちょっと待て、と言ったが聞いちゃいない。

「おれ、トロモチ、とか言われてヘラヘラしてますけど、ホントはすっげえ悔しいんです。ちゃんとした男になりたいんです。ベンツの件じゃあボスにも迷惑、かけたみたいだし」

みたいだし？　おまえはタタキより日本語の勉強が先だろう、とつっこみを入れたいところだ。

「どうかボスの子分に相応しい男にしてください」

お願いします、と金髪頭をこすりつけて土下座をする。

「おれ、このままじゃダメなんです。なんとかしてください」

二十六歳。サンダル履きに白のジャージ。方向音痴のチンピラが肩を震わせて訴える。なんか胸がジンとした。

「判ったよ」

望月が顔を上げる。口を半開きにして見つめる。

「タタキ、一緒にやろうぜ」

ありがとうございますっ、と再び土下座する。微かな後悔が胸をかすめたが、まあ、タタキといってもナンバー2を弾くだけだし――だが、現場で望月がうろたえ、大騒ぎして手元が狂ったら大変なことになる。仮に首尾よく一億余り報酬をゲットして、それをペラペラ喋られても終わりだ。

急に不安になった。店グルのゴトでも損を出す想定外の男だ。もしかして、丸投げより遥かに危険なことかも。

「ボス、おれはやりますよ」

口をへの字にまげ、小鼻を膨らませて張り切る望月。いやな予感がした。猛烈に不吉なものを感じる。


代々木のマンスリーマンションに戻り、夜、部屋で一人チーフスペシャルをせっせと磨いていると、ドアを叩く音がする。咄嗟にチーフスペシャルをベッドの下に隠し、耳を澄ます。

アニキ、と潜めた声がする。別の部屋をアジトにしているワル仲間だ。名前は佐藤。暗証番号式のデジタルロックを解き、ドアを開ける。うあっ、と声が出そうになった。顔面血だらけの佐藤がぬっと迫る。

「アニキぃ、女とケンカしちゃって」

顔面を殴られ、爪で掻きむしられ、血が噴き出している。

「女はどこだよ」

佐藤があごをしゃくる。廊下の壁にもたれた黄色いワンピースの女が鼻血を垂らしながら泣いている。セミロングの茶髪がごっそり抜け、片目は紫色に腫れ、まるでお岩さんだ。裂けたワンピースも鮮血でグロい斑(まだら)模様になっている。

「おまえら、ケンカというより殺し合いじゃねえの」

いつものことなんですが、と佐藤は頭をかき、声を潜める。

「女がパニクっちゃって、一一〇番しちまったんですよ」

げっ、と声が出た。佐藤は腹をくくったのか、淡々と言う。

「おれ、いまから女、外に連れ出して、ポリに事情を説明します。でも――」

唇に垂れる血をペロリと舐めて言う。

「おれ、前科(マエ)があるから引っ張られると思うんですよ」

片手を立て、拝む真似をする。

「だからアニキ、おれの部屋のヤバいブツ、全部処分しちゃってください。明日はガサが入ると思うんで」

判った、とうなずくしかなかった。この甘さが自分の弱点、と判っていながらも、頼ってきた仲間を無下に見捨てることはできない。デジタルロックの暗証番号を聞き取り、佐藤の部屋に向かう。パトカーのサイレンが迫る。小嶋は野獣の咆哮のようなサイレン音を聞きながら、これがいやな予感の正体かも、と思った。

あんたあ、ごめんよ、と泣きじゃくる茶髪女の肩を優しく抱え、佐藤は遠ざかる。

ロックを解除し、部屋に入る。六畳一間にワルの仕事道具がひと通り揃っていた。トバシの携帯にピッキング道具、スタンガン、クレジットカードのスキミングセット、サバイバルナイフ、メリケンサック。商売物のクスリは覚醒剤からコカイン、ヘロイン、ＬＳＤ、大麻、ＭＤＭＡまでよりどりみどり。覚醒剤用の注射器も百本から揃っている。警察に踏み込まれたら即、アウト。懲役五年は食らうだろう。いや、前科があるから十年は下らないか。

小嶋は仕事道具を段ボール箱に詰め込み、自分の部屋へ運び込んだ。佐藤は叩けばいくらでも埃が出る筋金入りのワルだ。警察は他の部屋に仲間がいないか、借り主の素性を徹底して洗うだろう。偽名で契約している小嶋はさっさと夜逃げするしかなかった。

ジョーに電話を入れ、ビジネスどころではなくなった旨を告げる。ジョーは「残念、またの機会に」と短く返して通話を切った。疫病神との付き合いはご免こうむる、と言わんばかりだ。報酬一億超のビジネスはあっさり吹っ飛んだ。

真夜中、仲間のクルマで夜逃げを敢行。仕事道具を詰め込んだ段ボール箱を手土産代わりに、そいつのアパートに転がり込んだ。

翌日午後、再び望月のスカイラインで奥多摩まで赴き、チーフスペシャルをマムシ谷の奥の元の場所に埋め直した。

いったいなにやってんだろ。夕暮れ迫る帰りの車中、酷(ひど)い徒労感と自己嫌悪に身を絞られながら、望月に礼を述べた。

「わるかったな、いろいろトラブっちゃって」

そんなあ、と望月は首を振る。

「おれ、ボスと一緒にいられるだけで幸せです」

小嶋は深く嘆息し、タタキも無くなったから、と告げる。一瞬、空白があり、それ、まじっすかあ、と驚きと落胆の混じった声が上がる。当然だ。あれだけ張り切っていたのだから。小嶋は砂を嚙む思いで説明する。

「おれがマンスリーマンションに潜伏していたこと、警察に判ったと思う」

そうですか、と唇を噛む。行き交うクルマのヘッドライトが灯り始める。夜はそこまで迫っていた。

「新しい隠れ家を探さなきゃならない」

望月のほおがピクリと痙攣する。

「おれ、どうしたらいいんですか」

「パクられたくないよな」

はい、とうなずく。

「お袋が泣きます」

たしか望月は母一人に子一人。出来の悪いチンピラ息子に、一緒に死んでくれ、と迫ったことも一度や二度じゃきかないとか。

「なら逃げろ」

セカンドバッグから厚みのある封筒を取り出す。

「三百万ある」

利江子が受け取りを拒み、宙に浮いた三百万。

「おまえには小遣い程度しか渡してこなかったが、これが正式な報酬と思ってくれ」

　そんなのいいっす、と望月はハンドルを握ったまま言う。

「おれ、なんにもしてねえし、ベンツの引き取りもしくじったし」

　ほう、と声が出そうになった。案外まともじゃないの。少なくとも、丸投げして
カネだけは欲しがる連中より、遥かに立派だ。

「これはおれの最後の命令だ」

　封筒を望月の懐に突っ込む。

「持ってけ」

　そんなぁ、ぼすう〜、と無駄にハンサムな顔をゆがめる。

「最後なんて言わないでくださいよぉ」

「まあ、なんにせよだ」

　シートを倒し、身体を伸ばして足を組む。

「逃げ回るのが苦手なら、美味いメシ食って、女と遊び回ってもいい。ぱあ、と三
百万、使っちまえよ」

「方向音痴だと思ってバカにしないでください」

　涙を掌で拭いながら言う。

「おれだって逃げることくらい、できますよ」

ガタン、と振動があった。ＪＲ青梅線の踏切を渡る。あれえ？　と望月が身を乗り出す。目がキョロキョロ動く。いやな予感がした。

「ぼすぅ、新宿方面どっちですか」

またかよ。シートを戻す。

「ナビ見りゃあ判るだろうが、ナビ」

「夜はナビ、見にくくって」

「おまえは昼間も同じだろうが」

すんません、と肩をすぼめる。小嶋はため息を吐く。

「やっぱ、逃げるの無理だわ」

はい、と方向音痴の弟分は蚊の鳴くような声で答える。結局、いつもの通り小嶋の指示でスカイラインは一路、青梅街道をひた走った。


八月の終わり。実行犯グループの要、梶谷治が池袋のサウナで逮捕。翌日、埼玉県三郷市の会社オーナー梨田吾郎もクルマで逃亡をはかり、派手なカーチェイスを繰り広げて電柱にクラッシュ、逮捕されている。これで海外逃亡中の日高大洋と巽雅也を除けば、残る主要メンバーは主犯格グループの頭、強奪事件の絵を描いたとされる小嶋秀之ただ一人となった。

第十三章 夢の終わり

九月初旬。早朝。小嶋はベッドから身を起こした。耳を澄ます。電車の音とクルマのエンジン音——いつもの朝と変わらない。が、なにかが違う。

東京都小平市。西武新宿線の花小金井駅前。ロータリー近くに建つ七階建てマンション。その二階。

代々木のマンスリーマンションから逃げ出し、知り合いの家やホテルを転々として、落ちついた先が、この暴力団時代の仲間が所有する部屋だ。潜伏してそろそろ一週間になる。

カタッと音がした。ベランダか？　パンツ一丁でベッドから滑り降り、そっと裸足で歩み寄る。カーテンをはぐる。瞬間、目が合う。ベランダに黒ずくめの屈強な男。ヘルメットに防弾楯。全身をアサルトスーツ（突入服）で固めている。こいつはもしかして――小嶋はのけぞり、口を半開きにして突っ立つ。男は腰の特殊警棒を抜き、振りかぶる。ちょっと待て。話せば判る。が、男は躊躇なくガラス戸に叩きつける。派手な破砕音とともに砕け散る。

我に返った。そんな乱暴な。せめて服くらい着させろ。小嶋は背を向け、スタンドからつかみ取った黒のシルクシャツに袖を通そうとしたところで、ドカンと音がした。玄関ドアだ。二発、三発。頑丈なスチールドアがプラスチックボードのようにまがり、蝶番ごと吹っ飛ぶ。

大型のアイアンハンマーを持った大男が現れる。動くなよ、とばかりに睨みをくれ、退がる。長身の男に代わる。防弾フェイスガードを下ろしたヘルメット。右手に黒いボトル。素早くピンを抜いて放る。ボトルが床に転がる。やばい。目を閉じ、両手で耳を押さえようとした瞬間、白銀のフラッシュになぎ倒され、爆発音が鼓膜を叩いた。閃光弾だ。

キーンと耳が鳴る。五感が麻痺してうまく動けない。視界がゆがむ。床をイモムシのように這う。さらに新手が現れる。今度は二人。予備弾薬を装着したタクティカルベストとレーザーポインター付きライフル。頑丈な編み上げ靴。殺気を漲らせて突入し、容赦なく銃口を向けてくる。

二人、距離を詰め、いつでも発射できるよう、ライフルの狙いをつける。赤いレーザー光線が眩しい。ベランダから突入した男も加わり、大型の自動拳銃をかまえる。形状からおそらくベレッタM92。一瞬、戦場に放り込まれた気がした。撃つな。小嶋は三つの銃口を据えられ、パンツ一丁で這いつくばったまま両手を挙げる。

間違いない。こいつらは警視庁の特殊事件捜査係。通称ＳＩＴ。武器を持った凶悪犯を制圧するスペシャリストだ。

しかし、こっちは丸腰の単なるおっさんだぞ。しかもパンツ一丁だぞ。おまえら、いったいなにを考えてんだ。税金の無駄遣いだろ。

スーツ姿の男二人が現れる。私服刑事だ。年嵩と若手の凸凹コンビ。小柄な年嵩が前に出る。ゴマ塩の角刈り頭に四角い顔。厚い唇が動く。小さな声が聞こえる。スピーカーを絞ったラジオのようだ。閃光弾で鼓膜がバカになっている。小嶋は顔をしかめ、耳に手を当てた。声が大きくなる。

「小嶋秀之、でいいな」

うなずくしかなかった。閃光弾に完全武装のＳＩＴの突入。戦意喪失だ。刑事のひび割れた声が飛ぶ。

「おまえに建造物侵入および強盗傷人の疑いで逮捕状が出ている」

逮捕状を鼻先に突きつける。

「確認したね」

一秒でしまう。できるかっ。が、刑事は所定の手続きをさっさと進める。

おい、と長身の相棒に向かってあごをしゃくる。短髪を七三に分けた生真面目そうな若手刑事は腕時計に目をやり、午前七時四十五分、身柄拘束っ、と叫び、小嶋の両手首にセラミック製の手錠をはめる。終わった。全身の強ばりが解けていく。膝が崩れそうになった。角刈りの刑事が腕をとり、支えてくれる。

「小嶋くん、六億円事件、どんどん拡大しちゃったねえ」

目尻に深いシワを刻んで言う。

「きみが十一人目の逮捕者だよ」

そうですか、とか細い声で答える。刑事は満足げに続ける。

「この分だと二十人はいくねえ」

だろうな。まったく、なんてメチャクチャなヤマだ。

「はい、これが家宅捜索令状ね」

もう一枚の用紙をつきつける。こっちは二秒だ。

「このままガサをかけるので、立ち会いをお願いするよ」

十人からの捜査員が部屋に入り込み、十畳のリビングと八畳の和室を隈なく調べる。厳つい顔の捜査員がテーブルのタバコケースを取り上げ、「白い粉がありますね」と確認を求める。はい、と言うしかなかった。

「なんですか」

捜査員はわざとらしく訊いてくる。小嶋は答える。

「コカインだと思います」

「確認しますね」

鑑定用の容器に入れ、試薬を垂らす。きれいなスカイブルーに変色する。捜査員が嬉しそうに告げる。

「はい、コカインです」

別の捜査員がカメラをかまえる。フラッシュが連続して光る。

「逃亡中にコカインなんか買って、豪気だねえ」

ゴマ塩頭の刑事が言う。

「で、いまの所持金はなんぼくらいよ」

興味津々の様子で訊いてくる。所持金か。思わず笑みが漏れる。

「十万、ないです。ぜんぶ使っちまったから」

刑事の厳つい顔に驚愕と嫉妬、羨望の色がめまぐるしく浮かぶ。ざまあみやがれ、地方公務員。小嶋は声を殺して笑った。


事件発生から四ヵ月。小嶋秀之の行き当たりばったりの逃亡劇も幕を下ろし、逮捕二日後、本格的な取り調べが始まった。場所は捜査本部が置かれた立川警察署である。

コンクリートに囲まれた小部屋で小嶋は立川署刑事課のベテラン刑事と向き合う。花小金井駅前のマンションで逮捕状を突きつけた年嵩の刑事。名前は国枝文吾。

隅の事務机でノートパソコンを叩き、供述内容を記録する相棒刑事は溜池昭。所属、本庁捜査一課。年齢は三十そこそこか。この若さで本庁捜一ならエリートなのだろう。つんと澄ましていけ好かない野郎だ。

それに較べて国枝はいい。目尻にシワを刻んだ柔和な顔と、ざっくばらんな物言い。とっくに出世を諦めたのだろう。やさぐれた臭いがぷんぷんする。波長が合うかも。

昨日、身体検査と顔写真撮影、指紋採取、尿検査、ＤＮＡ採取を終え、身上調書・弁解録取書（逮捕された事件についての認否）を作成してある。

「どう、逮捕現場の衝撃から少しは立ち直ったかい？」

国枝はデスクの向こうから屈託なく訊いてくる。

「閃光弾とか、レーザーポインター付きライフルとか、凄かったねえ」

「いやあ、もうびっくりしましたよ」

小嶋は指先で耳を触り、顔をしかめる。

「鼓膜、まだジーンとしてますもん」

だろうなあ、と国枝は感慨深げに言う。

「普通、腰が抜けるもんね。きみは立っていられただけ、まだマシかもよ」

「おれみたいな丸腰パンツ一丁のおっさんにあそこまでやって、血税の無駄遣いでしょう」

いやいや、と猪首を振る。

「小嶋くん、自分がしでかしたことをよく考えなよ。日本犯罪史上最高被害額の六億円強奪だよ。その絵を描いた〝多摩のカリスマ〟だよ。あれくらいやらなきゃ失礼だろ」

ジョークか？　いや、いたって真剣な面持ちだ。

「しかも捜査本部ではきみの拳銃所持に関する、精度の高い情報をつかんでいる。拳銃の乱射で殉職者が出てはかなわん。念には念を入れてってことだよ、お互いのためにもな」

なるほどねえ、とうなずいてみせる。国枝は脈あり、と見たのか、勢い込んで訊いてくる。

「極道時代、兄貴分からチャカ、預かってそのままなんだろ」

「もっぱらの噂のようですね」

片眉がピクリと動く。小嶋は冷静に言葉を継ぐ。

「おれもいろんなとこからチャカ出せ、さっさと返せ、と迫られましたが、無いものは無いから」

国枝はしばらく見つめたあと、そうか、とあっさり引っ込む。

「じゃあ、本題といこうか」

傍らのバインダーを引き寄せ、開く。これ、と差し出す。四つ切りの写真が数枚。シルバーベンツだ。その周囲に人影。いち、にい、さん——信じられなかった。

「きみの弟分の望月翔と竹井兄弟だ」

国枝は淡々と説明した。

「いまだから言うけど、警察は警備会社営業所および近隣の防犯・監視カメラ数台の映像を分析し、シルバーベンツと実行犯二人を特定した。事件二日後には渡利透と木下正明の人定も終えている」

はあ、と言うしかなかった。これも、と新たな写真を二枚置く。コンビニとホームセンターだ。チンピラ風の二人が商品を物色している。

「実行犯の渡利と木下だ」

うえっ、と声が出た。マジか。

「営業所に押し入る前にマスクや粘着テープ、ポテチに缶コーヒーを買っているんだな。顔も隠さずに、大胆というか、なにも考えていないというか」

呆れ顔で言う。多分、なにも考えていないと思う。国枝は語る。

「シルバーベンツの行方もNシステムの情報解析で、これも事件二日後には茨城県つくば市の中古車販売店裏の保管場所を特定した」

そういうことか。

「じゃあ、そこにカメラを」

「ベンツの周囲に茨城県警と協力して高精度の監視カメラを設置している」

写真を凝視した。ベンツの引き取りをしくじった望月とお目付け役の竹井兄弟。タバコを喫い、缶コーヒーを飲みながら笑顔まで見せて、緊張感の欠片もない。

「その夜も二人組が来ているね」

首筋がカッと熱くなる。コインの山に激怒した夜だ。

「望月のスカイラインでやってきた二人だ」

バインダーをめくり、抜き出した一枚をデスクに置く。赤外線カメラがとらえた夜の現場写真だ。人相までは特定できないが、二人がベンツのトランクを開け、物欲しげに首を突っ込んでいる。なんて間抜けなんだ。笑ってしまう。

「おかしいかい？」

国枝が興味深げにのぞき込んでくる。小嶋は笑みを消し、とっても、と答える。

「望月と一緒に写ってるのはおれですね。バカですね。コインの山しかなくて、腹が立って帰ったんですよ」

ほう、とベテラン刑事は目をすがめる。

「なにがあればよかったんだい？」

「一億の現ナマです」

ふむ、と首をかしげ、国枝は問う。

「トランクから札束の類はごっそり持ち去られたはずだけどねえ。ほら、七月に逮捕された鬼塚明。あいつの証言によればトランクにあった札束は全部、クルマに積み替えてこれの——」

小指を立てる。

「とこへ持ち込んでるんだよ。監視カメラもその証言を裏付けているから、間違いないと思うんだが」

哀れみの目を向けてくる。

「現ナマ一億があるとでも言われたのかい？」

いいえ、と首を振る。

「おれの勝手な思い込みです」

国枝は無言のまましばらく見つめたあと、三バカが写った写真に目をやる。

「この竹井兄弟は今日にも逮捕することになると思うけど」

白ジャージの望月を指で示す。

「望月の行方が判らないんだよ」

「想定外の動きをする男ですからね」

言いながら、笑いがこみあげる。実に愉快だ。望月、とことん逃げてやれ。国枝は難しい顔で告げる。

「全国指名手配にせざるを得ないな」

ぷっと噴いた。おかしい。あのトロモチが全国指名手配だと？　知っている人間は全員、腹を抱えて大笑いだろう。国枝が怪訝そうに見つめてくる。小嶋は空咳を吐き、かしこまって言う。

「地元マッタリの野郎ですからね。遠くには行かないというか、行けないと思いますよ。ナビがあっても道に迷う、とびっきりの方向音痴ですから」

「ユニークなんだね」

「会えば判ります」

おそらく二、三日中には出てくるだろう。全国指名手配を知り、真っ青になって警察に駆け込む姿が見えるようだ。

「カネはどうなった？」

前置きなく本筋に斬り込んでくる。

「だから小嶋くん、きみの元にも一億三千万からのカネが渡ってるんだろ。ちゃんと調べはついているんだ」

　認めるしかなさそうだ。

「いろんな人間にばら撒きましたからね」

　小嶋は立て板に水で答える。

「分け前や謝礼、小遣いの名目で渡して、おれの手元に残ったのは千二百万くらいかな。それも遊びと飲食代、ホテル代、スロット代、ドラッグの購入で全部消えました。逮捕はいい頃合いでしたよ。ありがとうございます」

　頭を下げ、両腕を広げる。

「もうからっぽ、文無しです」

　国枝はデスクを指先で叩き、少しイラついた様子で言う。

「だれにいくら、と具体的に言ってくれないかな」

「細かいことは憶えていません。ド貧乏のとこへ一億以上の現ナマがうなって入ったら、だれだってテンパっておかしくなりますよ。気が大きくなってブレーキがぶっ壊れてしまう。言われるまま気前よく渡してしまいました」

「そういうもんかね」

「そういうもんですよ」

笑顔で言う。

「刑事さんも一度、経験したらいいかもね。犯罪者の心理がより深く、ビビッドに判りますよ」

まあ、なかなかそうもね、と国枝は口をへしまげて憮然とし、バインダーから分厚い書類を抜き出す。

「こんなものがあるんだ」

デスクに放る。小嶋はざっと眺める。思わず舌打ちが出た。銀行口座の入出金記録と電話の通話記録。

「きみも含めた関係者の銀行口座と電話のやり取りを可能な限り記録しておいた」

書類をつかみ、ページを指でぴぴっと弾く。

「たとえばだけど——」

指が止まる。

「大阪に行ってるよね」

どきり、とした。

「本人名義と他人名義。五枚のキャッシュカードを使ってマネーロンダリングしてるじゃないか」

指で示す。関空、ＵＳＪ近くのコンビニ数軒、日本橋、梅田、心斎橋──。

「合算して一千万、超えてるよ」

「参りました、としか言いようがありませんね」

国枝はページを繰り、うなずく。

「きみはトバシの携帯も使ってるけど、自分名義も頻繁に使用してるよね」

さらにまいった。

「弁解になりますけど」

情けない前置きをして語る。

「緊急で通じないときはイラついちゃって、つい自分のを使っちまうんですよね。あと、日が経つにつれて慣れもありますけど」

国枝が唇をゆがめて冷笑する。

「仲間もめちゃくちゃだなあ。猪瀬に竹井兄弟、巽、日高、といった連中も自分名義の携帯をバンバン使っている。梨田、梶谷以下、実行犯グループも同様だ」

とことんまいった。こっちの動きが筒抜けだ。逃げ切れるわけがない。

「アマチュアっぽくて好感がもてるけど」

国枝は書類を閉じ、デスクに置く。

「かなり杜撰だねえ。六億も奪ったんだから、リーダーのきみが徹底してトバシを使うよう指示しなきゃダメだよ」

「そういうマメな性格じゃないんですよ」

軽い調子で返しながら、ひっかかるものがある。リーダーのきみ——絵を描いたんだからリーダーか？　単なる丸投げ野郎ですけど、とおちゃらけたいのを我慢して、しおらしい表情をつくる。

「警察を舐めちゃいかん、ということですね」

「そういうこと」

両手を組み、ベテラン刑事はぐっと身を乗り出す。

「このデータを元に、きみらがどういう動きをしたのか、徹底して詰めさせてもらうから」

一転して厳しい口調になる。

「もちろん、リーダーのきみが強奪金をだれにどう分配したのかも含めて、きっちり詰めるからね」

はい、と言うしかなかった。完全陥落だ。しかし、リーダー、という言葉はいかがなものか。どうもそぐわない気もするが。

結局、午後四時半まで続いた取り調べで、分配の詳細をすべて吐かされた。舎弟分、猪瀬遥をはじめ、仲間たちへの分け前の他、〝闇のクリーニング屋〟へのペナルティ二千万円。狂龍にトラブル和解金一千万円――。悪銭身につかず、とはよくぞ言ったもの。小嶋はその豪快でメチャクチャなばら撒きに、我ながら感心した。

夕刻、国枝の言葉通り、竹井兄弟が逮捕されている。

翌日、小嶋は東京地方検察庁立川支部へと移動し、検事の取り調べを受け、次の日は実況見分。国枝と相棒の溜池、その他五人の捜査員に付き添われ、入問の倉庫の空中庭園から青梅基地、代々木のマンスリーマンション、花小金井駅前のマンションまで回った。

その日の午前中、謎の美女、桜井美里が逮捕されている。罪状は覚醒剤取締法違反。六億円強奪事件の参考人として立川警察署で事情聴取したところ、様子がおかしく、任意の尿検査で陽性反応が出たらしい。

小嶋はドラッグ塗れの己のことは棚に上げ、少なからずショックを受けた。同時に、三十三歳という実年齢にも驚きを隠せなかった。二十代半ばくらいにしか見えなかったが――。

さらに、その前歴を知って仰天した。なんと、十四歳で出場した全国規模の美少女コンテストで音楽部門賞を受賞し、芸能界に華々しくデビュー。テレビのバラエティ番組やドラマなどで活躍したうえ、超有名アイドルグループのメンバーとして活動した時期もあったという。

改めて、女は判らない、と思い知った。が、さらに恐ろしい事実を国枝から聞かされ、度肝を抜かれることになる。

翌日、残暑の厳しい日だった。三日ぶりに再開された立川署での取り調べは、マネーロンダリングの話から始まった。

「小嶋くんが所持していた通帳やキャッシュカードの出入金を調べていて判ったんだけど」

国枝は手元の書類に目を落としながら言う。

「桜井美里さんのカードも使っているよね」

はい、と背筋を伸ばして答える。

「彼女の厚意で使わせてもらいました。もちろん、彼女にはなんの罪もありません。おれが勝手にやったことです。すべての責任はおれにあります」

美里に迷惑をかけるわけにはいかない、たとえシャブ中だろうと自分にはよくしてくれた、その一心で小嶋は強弁した。

「国枝さん、彼女はなんにも悪くありませんから。イヤな顔ひとつせず自宅マンションに泊めてくれたし、手作りのナポリタンもご馳走してくれました。それは覚醒剤を使用したことは悪いと――」

ちがう、勘違い、と国枝が手を振り、苦笑する。

「きみはなかなか男気があるんだねえ。だから多くの荒くれ者がボス、アニキ、と慕ってくるんだろうな。判る気がするよ」

そんなに褒めてもなにもありませんけど、と軽口のひとつも叩きたいところだ。気分がいい。国枝は書類を掲げる。

「いちおう、美里さん名義の他の口座も調べたんだよ。すると多額の入金歴が見つかってね。百万単位だけど」

はあ？　なんのこと？

「日付が六億円強奪事件後だから、どういうことなのか問い詰めたわけだ」

書類をデスクに置き、両手を組む。口元で薄く笑う。

「やられちゃったね」

小嶋は息を殺して次の言葉を待った。

「黙って拝借したらしい」

もしかして。小嶋はかすれ声で問う。

「強奪金から、ですか」

その通り、と大きくうなずく。小嶋は顔を寄せてさらに問う。

「いかほどでしょう」

「本人はこれだけ、と言ってるけど」

三本の指を立てる。

「三百、ですか」

うーん、と顔をしかめ、言葉を継ぐ。

「しかし、口座には五百万が入金されてるんだよね」

なんと。頭が混乱した。うまく理解できない。

「しかしですね、国枝さん」

記憶を整理して告げる。

「ミサちゃんの部屋に置いたボストンバッグ、カギをかけたはずなんですけど」

強奪金四千万円が入ったボストンバッグ二個。あれは間違いなくカギのかかるタイプだった。国枝は指を振る。

「きみ、世話になった最初の日、留守番しながら寝ちゃったでしょう」

そうか。夜、紙幣を整理しながらうとうとして、結局熟睡してしまった。朝、目ざめると美里が愛想よく挨拶してきて――。

「じゃあ、おれが寝入った隙に」

そういうこと、と国枝は嬉しそうにうなずく。

「五百万、盗まれたんだねえ。気がつかなかった？」

「まったく」

不思議と、怒りよりも爽快感が勝った。別れのシーンが甦る。謝礼の三十万を胸に、好きなだけいていいのに、と大きな瞳を潤ませた美里。男を手玉にとってあの抜群の演技。並のタマじゃない。おれの目に狂いはなかった。やっぱり渋谷のアリ・マッグローだ。

「小嶋くん、大丈夫かい？」

国枝が心配げにのぞき込んでくる。

「でれっとしちゃってさ」

我に返る。ほおを両手で叩き、にっと笑う。

「ミサちゃんも水臭いな、と思いまして」

ほう、と首をかしげる。

てやったのに」

「メチャクチャいい女ですからね。言ってくれたら五百万くらい、ソッコーでくれてやったのに」

なるほど、と国枝は両腕を組み、椅子にもたれる。

「ますます豪気だねえ。さすが多摩のカリスマ」

いや、それほどでも、とヘラヘラ笑って頭をかく。実に気分がいい。ちっ、と舌打ちが聞こえた。

瞬間、ベテラン刑事の顔が険しくなる。その視線は被疑者の元ヤクザをそれて背後へ。小嶋は振り返り、視線の先を追う。隅の事務机だ。記録係の若手刑事、溜池昭が睨みをくれている。なんだ、この野郎。地方公務員のくせしやがって。アウトローの炎が瞬時に燃え盛る。

腹が立って仕方なかった。この男、本当に反省してるのか？　六億円強奪、という大変な事件の主犯格でありながら、おちゃらけて、調子がよくて、万事が杜撰でいい加減で——供述をノートパソコンに打ち込みながら、怒り、泣きたくなった。もう四十二歳だろう。

花小金井駅前のマンションに踏み込んだ際もそうだ。国枝から、拳銃を所持した凶暴な元ヤクザ、多摩のワルには珍しいメジャークラスの悪党、と聞かされていたから、どんな恐ろしい男かと思ったら、ＳＩＴの強襲にあたふたするパンツ一丁の単なるオヤジだった。

いまも、よりによって刑事を睨みつけてくる。この男、自分の立場が判ってるのか？　若手刑事だと思ってバカにしているのか。

国枝さん、と呼びかける。

「少しよろしいでしょうか」

国枝は腕を組んだまま軽くうなずく。

「手短に、な」

カチン、ときた。自分の階級はあんたのひとつ上の警部補で、しかも本庁捜査一課だぞ。が、ここは我慢だ。取り調べが第一だ。小嶋に向き直る。

「担当刑事として、言わせていただきます」

尖った視線を受け止めて語る。

「もったいないですね」

なんだ、とばかりに小嶋は首をかしげる。

「昨日、入間の倉庫を実況見分した感想です」

語りながら脳裡に浮かぶ光景がある。倉庫の空中庭園。二・五メートルの高さに組み上げた広さ十二畳ほどのフローリング。レインボーカラーのハンモックを吊った、実に心地よさそうな空間だった。

冷蔵庫とコンポ、ＬＥＤ照明でライトアップしたフィギュア用陳列棚を備え、大型スクリーンで映画鑑賞も可能という空中庭園は、少なくとも自分の六畳ワンルームのアパートよりは遥かに立派だ。事件前は水槽に巨大なアロワナも飼っていたという。ガス屋の大家は、まったく知らなかった、と吃驚仰天していたっけ。このアイデアと労力を、と思わずにはいられなかった。

「あんな素晴らしい空中庭園を一人で作り上げる創意工夫があるなら、なんだってできるでしょう」

小嶋の視線が下がる。

「しかも国枝さんもおっしゃったように、あなたの周りにはボス、アニキ、小嶋くん、と慕う後輩、仲間が山ほどいる」

捜査本部が把握しただけでも三十人はいた。もちろん、六億円事件に関係したワルを除外したメンバーだ。

「あなたを慕う仲間と共に、堅気として生きる道もあったはずだ。ところがあなたは六億円強奪という大事件を企て、警備員に瀕死の重傷を負わせておきながら、覚醒剤やコカインに手を出し、まったく反省の色なしだ。しかも」

パン、と平手で事務机を叩く。

「桜井美里なる女性に対し、五百万くらいくれてやったのに、とは何事ですか。おふざけにも程がある。あなたもひとの親でしょう」

ほおがピクリと動く。

「茜ちゃんのためにも真面目に生きたらどうです。少なくとも取り調べの場で粋がったり、おちゃらけていてはダメだ。もっと真摯に、真面目になるべきです」

小嶋がぬっと顔を上げる。おい、刑事さん、と険しい表情で問う。

「あんた、ふたおやはいるのか」

ふたおや？　小嶋の目が鋭さを増す。

「両親のことだ」

「いますよ」

ふんと鼻を鳴らし、小嶋は冷笑する。

「おれたちワルは自慢じゃねえが、まともに両親が揃ったやつは数えるほどだ。尻軽の母親が男をつくって逃げたやつ、ろくでなしの父親が地廻りに殺されたやつ、ギャンブル狂いの両親が借金こさえて蒸発、施設で育ったやつ――幼い時分に親が離婚したやつなんて珍しくもなんともねえ。おれもそうだ」

小嶋の経歴を反芻する。生まれてすぐ両親が離婚し、母一人子一人の母子家庭。中学卒業後、建設会社で働きながら定時制高校に通うも、ケンカが原因で退学。事件屋の父親を頼って銀座で地上げ屋に転身し、バブル崩壊後、地元に戻ってヤクザに。たしかに恵まれた育ちではない。しかし――。

「おまえみてえなお気楽な地方公務員に判るかよ、ええ」

目が据わり、額の傷痕がピンクに染まる。

「おれたちはそういう生き方しかできないんだよ。そういうやつがつるむんだよ。元ストリートギャングのラッパーもシャウトしてんだろ。おれは普通の仕事はできねえ、このまま年をとっていくなんてゴメンだ、戦え、ぶっ殺せ、チャンスをつかめ、と」

なにを言ってる? 小嶋の眉間がせばまり、ほおが隆起する。

「怒れるアメリカ黒人文化の華、レジスタンスの象徴、ラップを知らねえのか?」

ガタ、と椅子が鳴る。小嶋がゆらりと立ち上がる。待て。国枝は? 腕を組んだままニヤついている。

「そんなんで刑事がつとまるのか、ええ、この低能野郎っ」

巻き舌で凄んでくる。

「おまえ、ハコバンでイチからやり直してこいや」

かっと頭に血が上る。ハコバンとは交番勤務の警察官を揶揄する隠語。許せない。

「あなたは何事も中途半端だ」

ぐっと小嶋がうめく。

「ワルを気取りながら、丸投げして知らん顔だ。そのくせカネだけは欲しがる」

のけぞり、棒立ちになる。溜池は怒りにまかせてまくしたてる。

「供述もいい加減だ。国枝さんが優しいことに甘え、おちゃらけの連続だ。とことん中途半端だ。わたしは許しませんよ」

てめえっ、元ヤクザが悪鬼の形相でつかみかかってくる。おっとお、と国枝が背後から羽交い締めにする。

「小嶋くん、ちょいと早めの昼飯にしようか」

はなせ、と暴れるが、ぴくりとも動かない。逮捕術をマスターしたベテラン刑事とハンパなチンピラ。問題にならない。

「きみは多摩のカリスマだろ。もっとどんとかまえろ」

小嶋は目を伏せ、おとなしくなる。

タメちゃん、と国枝があごをしゃくる。ドアだ。溜池は一礼し、スチールのドアを開けて廊下に出る。頭がカッカしていた。国枝は甘すぎる。取り調べになっていない。あんなチンピラになにを遠慮してるんだ？　多摩のカリスマだと？　ふざけるな。

ちくしょう。独房に戻った小嶋は昼食の焼きソバを食いながら、腹が立って仕方なかった。当たっている。若手刑事の言う通りだ。おれは何事も中途半端。ヤクザにもなれず、かといって非情な強盗犯にもなれず、地元多摩のハンパなワルのままだ。だからこんなことになる。もう四十二。お先まっくらだ。

不味い焼きソバを食い終わり、プラスチックの皿を床に叩きつける。木っ端微塵に割れ、破片が飛び散る。おい、と留置場担当の警察官が鉄格子の向こうから凄む。

「十五番、なにをやっとるっ」

十五番。これが独房に於ける自分の名前。犬猫以下だ。

「もっとうまいもん、食わせろっ」

大声を張り上げる。

「ステーキでも持ってこんかい、おらっ」

鉄格子をつかんで吠える。

「おれは多摩のカリスマだぞっ」

静かにせんか、と警察官が怒鳴る。新手の警察官二人も駆けつける。うるせえっ。

「地方公務員諸君、大丈夫かっ、てめえら、カリスマの意味が判ってねえだろっ、小学校からやり直せっ」


紙コップのコーヒーを飲み、ほっとひと息。国枝は独り言のように語る。

「あれはまずいなあ」

立川署内の喫茶コーナー。カウンターに並んで座り、国枝は愚痴とも忠告ともつかぬ言葉を繰り出す。

「取り調べで興奮してはいかんねえ。仮に興奮しても、それがシナリオに沿っていたらOKだよ」

ではお訊きしますが、と溜池は返す。

「あの小嶋への温(ぬる)い対応はすべて計算ずくですか」

「もちろんだよ」

コーヒーを飲み干し、太い指で紙コップを折り畳む。

「有象無象(うぞうむぞう)の田舎のワルが二十人以上も関係しているんだ。しっかりした図を描かないと、裁判員も迷うことになる」

ストン、と腑に落ちるものがあった。六億円強奪事件は裁判員制度で裁かれることになる。つまり、無作為に選ばれた市民が裁判員となり、裁判官と共に裁く凶悪事件だ。人間関係と欲望が複雑に絡み合った大事件だけに、その全貌を理解し、適切な判断を下すとなると、本職の裁判官でもかなりてこずると思う。まして、一般市民となれば——。

「国枝さん」

なんだ、とばかりに眼球を回す。暗い海に潜む深海魚のような貌(かお)だった。

「しっかりした図とはつまり」

言葉を選んで問う。

「一般市民の裁判員に判りやすい図、ですよね」

「そうだよ」

嬉しそうに目尻に筋を刻む。

「一般市民に奉仕することがわれわれ公務員の仕事だ。健全で働き者で税金もきっちり納める真面目な市民のみなさんに、ハンパなワルどもが引き起こした凶悪事件で徒に悩んで欲しくないんだなあ」

田舎のワルを憎悪するベテラン刑事。その満足気な横顔に、うっそりと邪悪な影が浮かぶ。溜池は温くなったコーヒーで喉を湿らせて問う。

「〝多摩のカリスマ〟がどうしても必要なわけですね」

おいおい、とベテラン刑事は相棒に哀れみの視線を向ける。

「そんなに深刻になるなよ」

四角い顔が微笑む。が、目は北極海の青い氷のように冷たい。

「ずっと桜田門で頑張りたいんだろ」

それは、まあ、と消え入りそうな声で答える。

「なら、割り切らなくちゃな。迷ってちゃダメだ。凶悪事件を担当する度にイジイジ悩んでいたら身も心ももたないぞ」

ぐいと片腕を溜池の首に回してくる。凄まじい膂力で引き寄せ、耳たぶを舐めるようにして囁く。

「なあ、タメちゃん。おれたちはトーシロが見ても一目瞭然の図を描くんだよ。それが刑事の仕事だ。青臭い怒りとか正義はそのずーっとあとだ」

一片の迷いもない言葉だった。

「裁判員制度が導入されて以降はなおさらだ。そのために苦労して、硬軟使い分けてワルどもの調書を取ってるわけだ」

腕を解く。

「きみは前途洋々たる本庁捜一じゃないの。ノンキャリの星だ。期待してるぜ」

軽く肩を叩く。

「すべての事件は警察が主導で解決するんだ。忘れるなよ」

よっこらせ、と腰を上げる。

「さあ、もうひと頑張りだ」

腕時計を見る。

「十分後、午後の取り調べを開始する。遅れるな」

それだけ言い置くと去って行く。カウンターには細かく折り畳まれ、三センチ四方の塊と化した紙コップだけが残った。国枝が憎む、田舎のワルの末路に見えなくもない。溜池はしばらく動けなかった。

午後の取り調べは溜池の謝罪から始まった。パイプ椅子に座る小嶋に頭を下げ、興奮してすまなかった、と詫びを入れ、隅の事務机で黙々とパソコンを操作する。午前中、興奮して突っかかってきた姿がウソのようだ。国枝に注意され、反省したのだろうか。いずれにせよ、取り調べは穏やかに再開された。

「ちょいと判らないところがあるんだけどね」

冒頭、国枝は渋面で問う。小嶋は背を丸め、黙って聞き入った。

「どうにも不思議なんだな」

国枝は首をかしげる。

「強奪金六億円のうち、未回収金は約三億六千万円になっている」

手元の書類をめくり、続ける。

「その未回収金三億六千万円のうち、相当額が分け前や逃亡資金、遊興費に使われたことも承知している。しかしだねえ」

言葉を切り、視線を上げる。

「二億円がどこに行ったのか、判らないんだよ」

ほう、と小嶋は平静を装い、先を促す。

「それ、どういう意味です？」

「つまりだねえ」

　国枝は両手を組み合わせ、ぐっと身を乗り出す。ベテラン刑事の硬質の目が小嶋をとらえる。

「容疑者、参考人の証言を全部精読し、諸事実と照らし合わせても現金二億円が不明なんだ」

　なるほど、と小嶋はうなずく。

「どこかのワルがネコババしてるんですかね」

　国枝の目が鈍く光る。

「小嶋くん、知らないか？」

　声が低くなる。

「二億円の行方、承知してるだろ」

「証拠、あります？」

　小嶋はしれっと返す。ないよ、そんなもん、と国枝は苦笑する。

「あったら苦労しないさ。刑事のカンだよ。おかしいだろ」

「おかしいっすね」

　なあ、小嶋くん、と国枝はすがるように問う。

「二億円、どこにある？」

さあねえ、と小嶋は肩をすくめる。

「おれは実行犯二人の顔も名前も知らなかった男だから」

国枝の表情が曇る。小嶋はさらに言う。

「国枝さんは〝リーダー〟とか〝多摩のカリスマ〟とか言ってくれるけど、たいしたこと無いですよ。チャカの件も同じだ。おれ、そんな大物じゃねえもん」

そうか、とベテラン刑事は気落ちした表情になる。

「そうですよ」

笑顔で応じながら、小嶋は舌に浮いた苦いものを嚙み締めた。


その日の夕刻、全国指名手配をかけられていた望月が友人に付き添われ、立川署に出頭。四日後、バリ島に出かけたまま行方を絶っていた主犯格グループのネタ元、日高大洋もシンガポールから帰国、身柄を拘束されている。

なお、大月警備保障立川営業所の内通者は事件から五ヵ月余り後の十月二十一日、逮捕された。立川営業所の契約社員、西山浩(にしやまひろし)、四十四歳である。

西山は昼間は美容師として働く傍ら、夜間、立川営業所で現金の集配、仕分けなどを担当する警備員として勤務していた。このWワークは二〇〇五年十一月に始まり、強奪事件から一ヵ月余り後の二〇一一年六月末、契約期間満了で退職するまで続いた。

もっとも、内通者の西山から日高大洋に直接、情報が渡ったわけではない。蜜に群がる悪党は他にもいたのである。まず、美容院の常連客である会社経営者、四十一歳。

西山はこの会社経営者に「営業所の金庫室には一億円以上ある。トイレの窓が壊れているし、管理も杜撰だから、襲うのは簡単だ」と持ちかけた。が、まだ先がある。会社経営者は電気設備業の男（四十九歳）に情報を流し、そこから小嶋の親友、日高に繋がり、やっと主犯格グループに伝わるのである。

内通者の西山は常連客の会社経営者に「現場の見取り図を描いてよこせ。後で分け前をやるから」と迫られ、手書きの図を渡したものの、それっきり。西山は警察の取り調べに対し、こう供述している。

「報酬をもらう約束だったが、バックに暴力団がついていると脅され、もらえなかった」

真のネタ元でありながら、ただ利用され、約束を反故（ほご）にされたあげくの逮捕。しかも、一審の判決は懲役九年という厳しいものだった。まさに泣きっ面にハチである。

第十四章
懲役二十年

「十五番」

留置場担当の警察官が呼ぶ。小嶋は硬いベッドから身を起こし、なんだよ、と不貞腐れた声を出す。

「手紙だ」

小窓を開けて差し出す。

「家族からだ」

ぐんと頭に血が上る。ベッドから滑り降り、手紙をつかみ取る。既に封が開けられ、検閲のスタンプが押してある。差出人は利江子。

震える指で便箋を取り出して広げる。ボールペンの丸っこい文字が横書きで記してあった。

《秀ちゃん、元気？　なにかやらかしたとは思っていたけど、今回の事件はさすがにビックリしたよ。六億円、だってね。テレビに名前と顔写真が大きく出たときは泣いちゃった。でも、やってしまったことは仕方ないよね。なにを言っても時間が戻るわけじゃないから。しっかり裁判を受けて、罪を償ってください。》

利江子らしい、さっぱりした文面だった。

《でもひとつだけ、どうしても許せないことがある。なぜ、クスリをやったの？　前の逮捕と懲役で懲りていたよね。茜のためにも絶対にやらないって、あたしに誓ったよね。約束を破るなんて、男じゃないよ。あたしが知っている秀ちゃんはそんなやつじゃない。見損なったよ。バカ、恥を知れ、このおたんこなす。》

怒りの形相が見えるようだった。

《世間では「小嶋秀之」というと前科者でドラッグ中毒の大悪党だよ（新聞やテレビの顔写真もチョーこわかったし）。でも、あたしはホントの秀ちゃんを知っている。見栄っ張りで、カッコつけのさみしがり屋で、臆病で、ケンカっぱやくて、いい加減で、でも子供が大好きな、底抜けに明るい、お調子者の秀ちゃん。あたしはいまでも大好きだよ。それだけに今回のことはとっても残念。心を入れ替えて頑張ってください。メゲちゃダメだよ。明けない夜はないんだからね。耐えろ。あんたが男ならここで耐えてみせろ。

大阪、楽しかったね。茜のあの素敵な笑顔はあたしたちの一生の宝物だね。パパは御用があってしばらく会えない、と言っておきました。じゃあね。》

ところどころ涙で滲んだ文字がある。切ないものが胸を焦がす。封筒にもう一枚、Ａ４の紙が入っていた。クレヨンで書いた茜の手紙だ。

《パパ、だーいすき。おおさか、またつれてってね。あかねはとてもげんきです。パパ、あいたいな。さびしいよ。またね》

赤や青を使ったカラフルなクレヨンの文字が滲む。小嶋は声を上げて泣いた。

年が明けて二〇一二年三月末、小嶋秀之は半年以上暮らした立川警察署から立川拘置所へと移送された。いよいよ裁判の開始である。

小嶋、そして舎弟分の猪瀬遥、実行犯グループのキーマン梶谷治。この三人の裁判が東京地裁立川支部に於いて、同時に行なわれることとなった。

四月十二日、裁判員裁判、開廷。外は満開の桜だった。午前九時半。小嶋は新品のワイシャツに、久しぶりに袖を通したスーツを着込み、地裁立川支部で最も広い第一〇一号法廷に向かった。腰ひもと手錠。前後を警察官に固められ、被告人専用出入り口から入室。ほんの一瞬だが、足が止まる。このでかい法廷はなんだ？

木目調の壁の明るい大法廷と、高い天井。壁に取り付けられた二基の大型モニター。そして九十八の傍聴席をびっしり埋めるマスコミ関係者と一般傍聴人。全員が揃って小嶋を見る。その熱気に圧倒され、改めて、日本中が注目する大事件の被告人に成り果てたのだと思い知る。

被告人席にはすでに猪瀬と梶谷が着席していた。目を合わせることもなく、腰を下ろす。

午前九時五十五分。裁判官と裁判員が入廷。全員が起立し、一礼して着座した。裁判員は男性四人に女性二人。補充裁判員の男性が二人。開廷早々、検察側が配布した概要図に、小嶋は愕然とし、なんだこれは、と思わず声が出そうになった。

カラフルに色分けされた、犯行グループの概要図である。主要メンバーが人形（ひとがた）で示されており、小嶋秀之の人形が飛び抜けて大きい。おまけに『主犯』と明示され、ご丁寧に〝この事件は暴力団特有の指示系統で起こった犯罪〟と記してある。

ふざけんなっ、おれはとっくに堅気だぞ。

裁判員全員が食い入るように見つめている。絶望が胸を焦がす。こんな概要図を見せられたら、だれだって小嶋秀之が極悪人の犯罪首謀者と信じてしまうじゃねえか。はめられた。四角い面のベテラン刑事、国枝文吾だ。あのタヌキ野郎、盛んに〝リーダー〟〝多摩のカリスマ〟を連発していたが、これが狙いか。おれを――実行犯二人の顔すら知らなかったこの小嶋秀之を、六億円強奪事件の主犯に仕立て上げるために。そう、うまく持ち上げ、ヨイショして、〝リーダー〟〝多摩のカリスマ〟を巧妙に盛り込んだ、でっちあげ供述調書を作成するために。

いい気になっていた自分がバカに思えた。いや、正真正銘のバカ野郎だ。溜池とかいう若造もおかしかった。取っ組み合い寸前になった後、妙に低姿勢になり、頭まで下げてきた。刑事二人がフレンドリーだから調書の作成はつつがなく進み、読み上げ確認もざっと聞き流して署名捺印した。

いまになって後悔が胸を刺す。軽率、お調子者の地が出てしまった。すべては後の祭りだ。裁判は主犯、小嶋秀之を中央に据え、粛々と進んでいく。

被告人三人それぞれの冒頭陳述が始まる。検察官の甲高い声が響き渡る。「元暴力団員の小嶋が主犯であり、グループのリーダーとしてメンバーを自由に動かし――」「〝多摩のカリスマ〟と畏怖される小嶋は徹底した高圧的暴力的態度でメンバーを完全支配、強奪金の分配も終始独断で行なった」「暴力団員時代のネットワークを駆使して潜伏生活を送り――」「拳銃所持の情報も入っていたため、完全武装の警視庁ＳＩＴが突入して身柄を確保した」

真剣な面持ちで聞き入る裁判員たち。視界がねじれ、頭がぼんやりしてくる。ここはどこ？　おれはだれ？

検察官の口から語られる狡猾で凶暴な〝主犯・小嶋秀之〟とはどこのどいつだ？その後、国選弁護人による弁護側の冒頭陳述もあったが、通り一遍の内容で、力の入った検察官のそれとは較ぶべくもなかった。

翌日、検察側の攻勢はさらにパワーアップ。一般市民の裁判員にアピールすべく、ド派手な演出が展開された。大型モニターを使っての防犯カメラの映像公開である。

暗い警備会社営業所内。頭からフードをかぶり、顔をマスクで覆った二人組が侵入してくる。全体的に黒っぽい、異様な迫力に満ちた映像だ。大法廷を埋め尽くすマスコミ関係者と傍聴人が固唾を呑んで見守る。裁判員も席から身を乗り出すようにして見入る。検察官が解説する。

「実行犯はあらかじめ聞いていたトイレの窓から侵入。実行犯、渡利透と木下正明は警備員の高橋雅彦さん、三十六歳と揉み合い、包丁で左腕、左大腿を執拗に刺し、特殊警棒で激しく殴打。死にたくねえだろ、と脅し――」

サイレント映画の弁士のような臨場感抜群の語り口が恐怖を煽り、法廷を緊迫した異様な雰囲気へと誘う。

みな、大型モニターに釘付けになる。警備員と揉み合う映像こそないものの、ベンツに現金袋を積み込んでいく様子はしっかり収められていた。映像の最後、実行犯の一人が床を雑巾様のもので拭いている。間髪を入れず、検察官の解説が入る。

「これは実行犯の渡利が床に散った鮮血を拭っている場面です」

傍聴人たちがどよめく。恐怖と戦慄が法廷内を支配する。追い打ちをかけるように検察官の野太い声が響き渡る。

「このとき、警備員の高橋さんは出血多量と激痛で意識朦朧としながらも、固定電話で一一〇番に連絡を入れようと、必死にもがいていたのです。なお」

焦らすようにひと呼吸入れ、続ける。

「救急車でＩＣＵに運び込まれた高橋さんは一時は生命も危ぶまれる重傷でしたが、五時間にも及ぶ大手術で一命を取り留め、生還されております」

傍聴人から言葉にならない声が漏れる。

「しかし、骨まで露出した高橋さんの左腕の傷は非常に重く、事件から一年近くが経過したいまも痛みが残り、五本の指を自由に動かせない状態が続いています。幼い子供二人を抱え、将来への不安は高まるばかりです」

ひどい、と傍聴席の男性がうめく。ハンカチを顔に当て、さめざめと泣く中年女性もいる。小嶋は唇を嚙み、うなだれるしかなかった。

大型モニターの画面が切り替わる。現場検証写真だ。うわあっ、と悲鳴が上がる。ロッカーや長机が倒れた仮眠室と、鮮血で真っ赤に染まった簡易ベッド。

小嶋は思わずのけぞった。モニターから目をそむける裁判員たち。顔をしかめ、目を伏せる傍聴人たち。小嶋は困惑し、焦った。こんなん見せられたらおれでも引くわっ。まるでスプラッター映画だ。心証は最悪だ。猪瀬と梶谷も顔をひきつらせている。法廷が騒然とする。

まったく、なにやってんだ。小嶋は声に出さずに罵(のの)しった。ド素人じゃねえか、テンパって、包丁振り回して、死んでもおかしくない大ケガを負わせちまって。

はあ、とため息をつく。この凄惨な強盗事件に自分が関わっているのは事実。しかもド真ん中だ。終わりだな。

この日は裁判長の指名による、実行犯・渡利透の証人出廷があった。もっとも渡利本人の希望で証言台の周囲にパーテーションが巡らされ、外部の視線はシャットアウト。声のみの証言となった。検察官の質問に対し、しどろもどろの小声だけが漏れ聞こえる。

「脅されて仕方なくやりました」「Aさんとは揉み合っていただけです。刺した記憶はありません」「脅したこともありません」「カネを奪う気もありませんでした」

監視カメラの映像と現場検証写真の衝撃に較べ、なんと卑屈で偽りに満ちた証言か。法廷内があまりの嘘八百に呆れ返っているなか、小嶋は目を凝らし、パーテーションの隙間からのぞく渡利を観察した。坊主頭に丸めた背、悄然とした横顔。

腹が立って仕方なかった。こんな情けない野郎を実行犯に仕立てやがって。もっとちゃんとした男なら警備員に瀕死の大ケガを負わせることもなかったはず。が、すぐに、丸投げした自分の責任も大、と思い知る。小嶋の後悔は深まるばかりだった。

国選弁護人によるなおざりの弁護もあったが、だれも聞いちゃいない。検察側の大型モニターを駆使した演出のインパクトが強烈すぎた。極悪非道で狡猾な主犯、小嶋秀之。その評価は揺るぎなしだ。

大法廷は連日、満員が続いた。希望者があまりに多いため、傍聴券の抽選を行なっているという。日増しに高まる世間の注目度の高さに小嶋は呻吟し、眠れない夜が続いた。

法廷では裁判員から〝主犯〟への質問もあった。

「ギャング団はいつごろ結成されたのですか」

「ギャング同士の分け前をめぐって、ケンカとか争いはなかったのですか」

「凶悪な暴力団の報復が怖くて、その関与を隠しているのではありませんか」

ギャング、暴力団、という言葉に打ちのめされた。世間の目はそんなもの、と判っていながら、切ない。本当はアホなチンピラが集まり、カネが欲しくてやった丸投げに次ぐ丸投げの、杜撰な強盗事件。どっちにせよ、ろくなもんじゃない。つくづく自分が惨めになる。小嶋は安易な丸投げの報いを骨の髄まで思い知った。

裁判は検察官による求刑の日を迎える。水を打ったように静まり返った大法廷に、検察官の張りのある声が響き渡った。

「被告人、小嶋秀之に懲役二十二年を求刑します」

二十二年？　はあ？　この検事、なに言ってんだ？　小嶋の頭は混乱した。事件の絵を描き、カネを分配しただけの自分が二十二年だと？　あんまりだろう。くらっとした。眩暈に吐き気。頭が真っ白になった。その後の記憶は曖昧で、拘置所の舎房に戻り、メシも食えないまま、野菜ジュースを飲んだことしか憶えていない。

その夜は一睡もせず、明け方、腹をくった。利江子の手紙の通りだ。やってしまったことは仕方がない。悩んでも、喚（わめ）いても、時間が戻るわけじゃなし。ならば前を向くしかない。

求刑から三日後の二〇一二年四月二十六日。小嶋秀之以下、猪瀬遥、梶谷治の三人に判決が下される運命の日。

小嶋の心は不思議なほど澄んでいた。己の認識の甘さで警備員に大ケガを負わせてしまい、予想を遥かに上回る求刑も食らった。せめて判決言い渡しのときくらい、背筋を伸ばして、しっかり受け止めてやらあ、そう心に誓った。それに、言ってやりたいこともあるし。

そして審判の時。

「被告人三名は被告人席前へ」

厳粛な空気のなか、裁判長の言葉に促されて整列。

「被告人、小嶋秀之。最後になにかありますか」

「はい」

裁判長を見つめて深々と一礼。

「今回の事件で世間を騒がせ、また大ケガを負わせて被害者の方にはまことに申し訳ありませんでした。わたしに下される判決は真摯に受け止めます。ここにいる遥くん、梶谷さんに対してはどうかご寛大なるご処分をお願いします」

大きく息を吸い、キメのセリフをぶちかます。

「とくに梶谷さんに対してはご配慮のほど、よろしくお願いします」

視界の端、梶谷の顔色が変わる。血の気が失せ、真っ青になる。

猪瀬はわけが判らずキョトキョトしている。小嶋はここぞとばかりに野太い声を張り上げた。

「実に多くの迷惑をかけてしまいました。罪をしっかりと償い、胸を張って再会できる日まで、わたしは石にかじりついてでも生き抜くことを誓います。以上です」

うっ、と嗚咽が聞こえた。梶谷だ。背を丸め、肩を震わせて泣いている。法廷内がどよめく。猪瀬も驚きの表情だ。みな、梶谷が感動のあまり泣いている、と信じたようだ。小嶋は湧き上る笑みを堪えた。

エヘン、と裁判長が空咳をくれ、あごを上げる。

「それでは判決を言い渡します」

どよめきが消え、法廷の空気が張り詰める。

「被告人、小嶋秀之を懲役二十年」

ありがとうございます、と頭を下げる。

舎弟分の猪瀬遥が懲役十四年。実行犯グループのキーマン、梶谷治は十五年だった。

なお、事件発生後、大阪からフィリピンに渡った巽雅也は中国、モンゴル、ベトナムと潜伏生活を続けるも、二〇一二年九月二十八日、カンボジアのリゾート地で現地警察が身柄を拘束。成田へ移送され、一年余りの海外逃亡生活が終わった。

立川六億円強奪事件の逮捕者は計二十三人に及び、回収された強奪金は約二億四千万円。残り三億六千万円が犯人側の遊興費、生活費、逃走資金に使われるなどして未回収となっている。

なお、ベテラン刑事、国枝文吾がこだわった不明金二億円の件は週刊誌一誌がちっぽけな事件コラムで取り上げたきり、大して話題になることもなく、闇に消えた。

終章

面会人

打てぇーっ、と胴間声（どうまごえ）が飛ぶ。白いボールが迫る。もらった。おりゃあ、とバットをフルスイング。空気がうなり、バットがボールの真芯をとらえる。ぱっかーん、と青い空に白いボールが舞い上がり、きれいな放物線を描いて黄色のラインを越える。

ホームラン、と審判役の極道が叫び、刺青がびっしり入った腕をぐるぐる振り回す。うおお、と味方のベンチが総立ちだ。灰色の囚人服に帽子。ガラの悪い懲役囚が拳（こぶし）を突き上げ、満面の笑みだ。七回（最終回）表、ツーアウトからの逆転のスリーラン。これで三対二。

小嶋秀之はゆっくりとベースを回る。

筑波山の麓にある、定員七百人の北関東刑務所。小嶋が一審の懲役二十年を受け入れ、収監されて一年になる。模範囚として規則を守り、木工場で刑務作業に励む毎日だが、月に三回はスポーツの時間がある。懲役囚のレクリエーションとストレス解消を兼ねて、晴れた日は運動場でのソフトボールとバレーボール。雨の日は体育館でバスケットボールや卓球を行なう。

小嶋は生来、スポーツ万能だ。懲役を打たれる前は球技からカヌー、サーフィン、スケボーまでなんでもこなしてきた。ゆえにどの種目でも重宝される。バレーボールではアタッカー。ソフトボールは四番でショート。今日の成績は失策ゼロの三打数三安打で本塁打一本。

「小嶋さん、すっごいねえ」

歯のない小柄なじいさんがハイタッチで迎える。

「ヒーローだねえ」

どうも、と頭を下げ、長椅子に座る。じいさんが隣に陣取る。このじいさん、雑居房の同囚で、二ヵ月前、元暴走族のチンピラに夕飯を取り上げられ、泣いていたところを助けてやって以来の仲だ。穏やかな表情に屈託のない笑顔。見るからに好々爺だが、三年前、若い女房の浮気を疑い、絞め殺して懲役三十年を食らった殺人犯だ。現在、七十二歳。無事刑期を終え、シャバの空気を吸うことはまずないだろう。

「あんた、唄も上手いもんな」

一ヵ月前、刑務所内のカラオケ大会で優勝した。地元のスナックで唄い込んだ矢沢永吉の『黒く塗りつぶせ』。永ちゃんそっくりに派手なアクション付きでドスを利かせて唄い、マイクスタンドを豪快にぶん回す、いわゆるマイクターンのポーズを決めてやったらウケにうけた。

ちなみにじいさんは北島三郎の『与作』。これがひどかった。音程がまったく取れないうえ、サビのフレーズ〈ヘイヘイホー〉は〈ホッホッホー〉と、間抜けなフクロウの鳴き声にしか聞こえず、大爆笑で終わり。

「小嶋さん、どうしたの」

じいさんが怪訝そうに訊いてくる。

「なにがですか」

小嶋はそっけなく返す。

「どうも心ここにあらず、というか、元気がねえもの」

「そんなことありませんよ」

「ホームラン、打っても喜ばねえし」

「そうかなあ」

小嶋は首をひねる。じいさんは監視の刑務官に目配せして、以前は、と言う。

「あいつらに注意されるくらい、喜んで飛び跳ねていたじゃねえの」

ああ、とうなずく。サヨナラホームランをかっとばし、喜びのあまり、ベンチで待ち受ける連中に両腕を広げてダイビング。こっぴどく怒られたこともあったたっけ。

「常に前向き、ポジティブに、が座右の銘だろ。そう言ったよな」

夕食後の自由時間、将棋を指しながらたしかに言った。じいさんは顔をくしゃくしゃにして、あやかりたいねえ、とうなった。

「ノイローゼか？　拘禁ノイローゼってやつ」

ふっと苦い笑みが浮かぶ。

「そんなヤワな玉じゃありませんよ」

そうだよなあ、とうなずく。

「小嶋さんは前科持ちの元極道にして、あの六億円事件の親玉だもんな」

胸が疼（うず）く。もしかしてさあ、とじいさんが囁く。黄色く濁った目が意味深に輝く。

「シャバに気になることがあるんじゃねえの」

どきりとした。じいさんは目尻を下げ、にっと紫色の歯茎を剝く。

「当たり、だろ」

なんと答えていいのか判らない。じいさんはしたり顔で言う。

「おれは新聞報道でしか知らねえけど、現ナマ六億をめぐって二十人以上の人間が関わってんだろ。それじゃあ、メチャクチャになるわな。表に出ていねえことだっていっぱいあるだろうし」

小嶋は両手の指を組み、背を丸めて遠くを眺めた。灰色のコンクリート塀の向こう、青々とした筑波山と五月晴れ（さつきば）の青空が広がる。たまんねえな、と呟いた。あと十九年か。気が遠くなる。シャバのことなんか、もうどうでもいいかもな。

七回裏、ショートの小嶋がゴロ二つを華麗にさばき、ライトが小便フライをキャッチしてゲームセット。

両チームが整列し、挨拶を交わして舎房へ戻ろうとしたとき、刑務官から呼び止められた。面会者が来たという。

面会者？　名前を聞いて得心した。数日前、弁護士から手紙が届き、面会希望者が近々赴くから、会いたければ会え、といったようなことが記してあった。

拘置所の未決囚とちがい、裁判が結審した受刑者の面会条件はシビアだ。六年前の刑事収容施設法の改正で若干緩くなったものの、原則、親族と更生保護に関係する人間以外、オフリミットである。しかし、交友関係の維持やその他、面会が必要な事情がある場合、友人、知人にも認められるようになった。担当弁護士の推薦があればなおさらだ。

面会を承諾し、刑務官に付き添われ、運動場を出た。全天候型の外廊下を渡り、事務棟内の面会室に入る。真ん中がアクリル板で仕切られた小部屋。こっち側が受刑者で、あっち側が面会人。

スーツ姿の真面目そうな男が立ち上がる。年齢は四十前後。名前は――。

「ミヤケと申します」

そう、三宅一郎。職業は――なんだっけ。

「『乃木坂クリエイティブエージェンシー』のプロデューサーをやっております」

そうだそうだ。たしか弁護士の手紙に書いてあった。よく読んでねえけど。小嶋は腰を下ろす。三宅も丸椅子に座る。刑務官は受刑者の横に立ち、ノートを広げて面会人との会話内容を筆記する。

どうも、と三宅が笑う。屈託のない笑顔だ。つられて小嶋も笑う。

「イメージしていたひとと大分、違いますね」

三宅が言う。

「もっと怖いひとかと思ってました」

「おれ、全然怖くないよ。面白いよ」

ははっ、と三宅が快活に笑う。乃木坂かあ。やっぱ、都会人の笑いだなあ。で、なんのプロデューサーだろうな。乃木坂なんとか、って会社もよく判らねぇし。

「主に映画のプロデュースをやっております」

はっ？　映画？

「単刀直入に申し上げます」

三宅が笑みを消し、アクリル板にぐっと顔を近づける。薄い唇が動く。

「映画にしたいのですが」

なにを？　と問う。三宅は眉間に筋を刻み、囁く。

「六億円事件を、ですよ」

一瞬、頭が空白になり、汗がどっと噴き出る。三宅は畳みかける。

「日本犯罪史上最高被害額の六億円強奪事件は実に衝撃的です。登場人物も個性派の粒ぞろいですし、展開も想定外の連続で飽きさせません。ぜひ映画化したいと考えております」

小嶋は生唾を呑み込み、問う。

「で、主人公はだれよ」

すっと右手が上がる。アクリル板越しに指を突きつける。

「あなたですよ、小嶋さん」

絶句し、のけぞった。

「六億円事件の堂々たる主犯なんだ。〝多摩のカリスマ〟と謳われたあなたに決まってますよ」

そうか、主犯にされちまった〝多摩のカリスマ〟が主人公か。これって、災い(わざわ)を転じて福となす、か？　ちょっと違うか？　それとも、捨てる神あれば拾う神あり、とか？

いずれにせよ、運が向いてきたことはたしかだ。ぱあっと視界が開けた。鬱々とした気分が吹っ飛び、頭に黄金色の光が満ちていく。

「ならさあ、三宅ちゃん」

三宅は怪訝そうに眉根を寄せたが、すぐに笑みを浮かべる。

「なんでしょう、小嶋ちゃん」

さすが業界人、ノリがいいねえ。気が合いそうだ。

「おれの役、だれがやんの？」

三宅は眉を曇らせ、まだそこまでは、と申し訳なさそうに言う。だよな、ちょっと気が早いよな。だけど、希望くらい言ってもいいよな。こっちは広義の原作者なんだし。

「スティーブはどうよ」

スティーブ？　と三宅は首をひねる。

「ほら、スティーブ・マックイーンだよ、『大脱走』とか『パピヨン』の」

言いながら、脱獄物もいいかもな、と思ってしまう。なにせ、こっちはモノホンの受刑者だし。

「でも、マックイーンはねえ」

三宅は困ったように笑う。

「とっくに故人ですもんねえ。アメリカ人だし」

ああもう、だからあっ、と勢い余って平手でアクリル板を叩く。刑務官が咳払いをくれる。あ、すんません、と肩をすぼめ、改めて三宅に語りかける。

「和製マックイーンみたいなやつがいいと思うわけよ」

なるほど、と深くうなずく。おおっと、脈あり。小嶋はさらに言葉を重ねる。

「どうせなら、代表作の『ゲッタウェイ』を参考にしたらどうよ。銀行を襲って現ナマをかっぱらうやつ。おれらのヤマに少しは似てるだろ？」

「なら、和製アリ・マッグローも必要ですね」

だね、と大きくうなずく。脳裡に桜井美里のキュートな笑顔が浮かぶ。演じるとしたらだれがいいかな。若手女優を幾人か候補に挙げてみる。うーん、帯に短し、襷に長し。

しかし、猪瀬とか梶谷を地で演じられるヤンキー系若手俳優は山ほどいるけど、トロモチの望月はどうするんだろ。無駄にハンサムなアホ。芸能界のそこらじゅうにいる気もするが、あの特異な個性はけっこう難しいかも。悩むところだ。

エヘン、と刑務官が再び咳払いを轟かせる。小嶋は慌てて背筋を伸ばし、表情を引き締める。三宅も同様だ。

「小嶋ちゃん、時間もあれなんで」

ロンジンの腕時計を指さす。面会時間は基本、三十分だが、刑務官の意向でいかようにも短縮できる。十分で打ち切ることも可能だ。三宅が早口で続ける。

「じゃあ、基本、オーケーということで」

もっちのろん、とうなずく。

「面白い映画にしてやってちょうだい」

さあ、お終い。腰を浮かし、刑務官に終了を告げようとしたとき、小嶋ちゃん、と押し殺した声がした。

「もうひとつだけ」

アクリル板の向こう、映画プロデューサーがぐっと顔を寄せてくる。怖いくらい真剣な表情だ。どうしたの？

「強奪金六億円のうち、未回収金が約三億六千万円ありますよね」

面会室の空気が重くなる。小嶋はなにも言わず、次の言葉を待つ。

「こちらも映画化を考える以上、徹底したリサーチを行なっております」

自信満々に言う。

「その未回収金三億六千万のうち、分け前や逃亡資金、遊興費が使われた残りが気になります」

小嶋は軽くうなずく。

「あんたの徹底したリサーチでも判らなかったんだろ」

三宅は悔しげに顔をゆがめ、でも、と声を低めて告げる。

「週刊誌の小さなコラムにありました。二億円が行方不明だと」

ほう、と声が出そうになった。徹底したリサーチに嘘偽りなし。

「小嶋ちゃん、わたしは――」

三宅は顔に朱を注いで訴える。

「この二億円の真相を映画にぶちこみたいです」

ガツン、と横っ面を張られた気がした。三宅は言葉に力を込める。

「圧倒的に面白い、この世に二つとないリアリティ抜群の犯罪映画を作りたいのです」

頭の芯が痺れる。活動屋の意地と執念に背を押され、小嶋は返す。

「三宅ちゃん、これ、仮の話なんだけどさ」

厳かに前置きして告げる。

「おれが現ナマ二億円のありか、知ってたら面白いだろ」

それはもう、と三宅は目を輝かせる。

「だからこれ、仮の話だよ」

小嶋は念押ししつつ、隣の刑務官をうかがう。無表情でノートにペンを走らせている。

「判決言い渡しのときだけどさ」

三宅は固唾を呑んで見守る。

「おれが最後、裁判長の前で喋っただろ」

はい、と映画プロデューサーは熱っぽい口調で返す。

「感動的な話でしたね。共犯者の梶谷治は泣いていた、と月刊誌の事件ルポで読みました」

そうそれ。やはりリサーチ抜群だ。話が早い。小嶋は先を急ぐ。

「でも、おれの舎弟分の猪瀬遥は泣いていなかった」

三宅は怪訝そうな表情だ。無理もない。常人には想定外の、メチャクチャな話なのだから。

「三宅ちゃん、シャバでおれが密かに接触していた、と考えてみな」

「だれに？」

「実行犯のキーマン、梶谷治」

三宅は喉をごくりと鳴らして問う。

「梶谷に小嶋さん一人で、ですか」

「そう。あの野郎の舐めた言動の数々と、約束の不履行におれはドタマにきてた。コケにされっぱなしじゃ漢（おとこ）がすたる、と密かに連絡を入れて接触したわけよ」

「元暴力団幹部の凶暴な男ですよね」

リサーチ能力抜群の映画プロデューサーは困惑の体（てい）で訊く。

「怖くなかったのですか」

まったく、と首を振る。

「シャブとコカインがあれば怖いものなしだ。三宅ちゃん、リーマンのあんただって即、無敵のスーパーマンになれるよ」

片目を瞑る。

「元極道でシャブ中のおれが言うんだから間違いない」

三宅は茫然と見つめる。小嶋は言葉を重ねる。

「で、おれがシャブのパワーを借りてナイフを突きつけ、ムチャクチャ脅していたら、現ナマ二億円の件がポロリと出た、と考えてみな」

「梶谷が二億円、ですか」

「梶谷も兄貴分の梨田吾郎のやり方にはドタマにきてた」

三宅は宙を見つめ、なしだごろう、と呟く。事前リサーチの登場人物リストにヒットしたようだ。確信をもって言う。

「元ヤクザで埼玉県三郷市の会社社長、ですよね」

その通り、と小嶋は明るく返す。

「実行犯二人を使い捨てにした鬼畜野郎だ。現場監督の梶谷にもレンガ一個の一千万ぽっきりだ。しかも梨田は元極道の知り合いに言われるまま、二億を超える現ナマを渡しているんだぜ。凶暴な元暴力団幹部の梶谷がキレて脅して、梨田が懐にぽっぽした二億円をぶん獲ってもおかしくないよな」

「話の筋としては非常に面白いです」

小嶋はうなずく。

「だろう。面白おかしい仮の話、フィクション百パーセントのヨタ話だから」

朗らかに告げ、再度、刑務官をうかがう。ペンを動かしながら、怪訝そうな表情だ。話の半分も理解できないだろう。当然だ。刑務官は実直でルールに厳格な、頭が岩のように堅い国家公務員。裏社会のヤバい話が三度のメシより好きで、わざわざ筑波山の刑務所くんだりまで面会に来る酔狂な映画プロデューサーとは人間の種類がまったく違う。さらに先を急ぐ。

「で、逮捕を覚悟していたおれは梶谷に持ちかけたわけよ。釈放されたら半分こしようぜ、とな」

三宅が前屈みになり、ほおを紅潮させて囁く。

「一億円ずつ」

「そういうこと」

小嶋はそっと右手を上げ、拳銃を弾く真似をする。

「約束を破ったらこれで殺るからな、とカマシも入れといた」

三宅の唇が動く。チーフスペシャル、と囁く。瞬間、甘美な衝撃が全身を貫く。ちくしょう、この野郎っ、思わず立ち上がりそうになった。アクリル板の仕切りがなければ肩を抱き、よく調べたねえ、感心感心、と頭を撫でて褒めてやりたいところだ。まったく、なんて素晴らしいリサーチ能力なんだ。警察と裏社会の一部のワルしか知らない噂話を、おれの大事なチーフスペシャルのことを——目頭が熱くなる。活動屋の底なしの情熱に感動してしまう。

「なぜ泣いたのですか」

三宅は真顔で問う。いや、これはその。慌てて涙を指でぬぐう。だから小嶋さん、とアクリル板に顔をくっつける。

「なぜ、法廷で梶谷は泣いたのですか」

ああ、そっちか。小嶋は説明する。

「おれが隣で、再会できる日まで石にかじりついてでも生き抜く、とぶちかましたもんだから怖くなったんだろ。チャカ持って追いかけてくるシャブ中が目に浮かんだのかもね。あいつもパクられて気が弱くなってたみたいだし」

じゃあ小嶋さんは、とあきれ顔の映画プロデューサーが言う。

「裁判のクライマックスで脅しを入れたわけですか」

「話としては面白いだろ」

「とっても」

「映画のラストシーンは決まりだね」

返事なし。映画プロデューサーは難しい顔で考え込む。面会室に重い沈黙が流れる。パタン、と刑務官がノートを閉じる。終了だ。

「あと一分だけ」

我に返った三宅が慌てて言う。

「もちかけたわたしが訊くのもなんですが」

かすれ声が這う。

「なぜ、そんな危ない話を映画のストーリーに入れようと思うのですか」

それはだな、と言葉を選んで返す。

「梶谷は懲役十五年、おれは二十年。先に出る梶谷が現ナマ二億、全部使っちまわねえか、だんだん不安になったわけよ。刑務所ってとこはあれこれ考える時間だけは腐るほどあるからな。おれみたいな根っからポジティブ男もネガティブになっちまうんだよ。怖いねえ」

それで、と焦り顔の三宅は先をうながす。小嶋は結論を述べる。

「映画で改めてカマシを入れといたら万全だろ」

三宅は口を半開きにして見つめる。

「獄中の梶谷も映画の評判とストーリーを聞き、おれの捨て身の覚悟が身に沁みるんじゃないの。世間じゃチョー面白いフィクションでも、あいつにとってはメチャクチャ怖いノンフィクションだもんな」

二呼吸分の沈黙のあと、三宅は重々しくうなずく。

「まるでノワールドキュメントですね」

嘆息し、ネクタイをゆるめる。

「警察も知らない、犯人たちの二億円の密約、かあ」

「日本アカデミー賞も夢じゃないだろ」

それはノーグッド、と三宅が厳しい表情で指を振る。

「〝多摩のカリスマ〟と謳われた小嶋さんのセリフとは思えないな」

不敵な笑みを浮かべる。

「どうせなら本家を狙いましょうよ。アカデミー外国語映画賞」

ピュウ、と口笛が出た。言うねえ。さすが夢と野望を燃料に突っ走る映画プロデューサー。やっぱ映画をつくる人間はこうでなくっちゃな。

終わりっ、と刑務官の鋭い声が飛ぶ。

「じゃあ、小嶋ちゃん」

アクリル板越しに三宅が拳を握り、ガッツポーズを送る。

「またお会いしましょう」

おう、とあごを上げ、小嶋は刑務官にうながされて面会室を出る。事務棟から外へ。北関東の高い青空がやけに眩しい。

《明けない夜はないんだからね》

利江子の手紙の一節だ。大きく息を吸い、そのとおりだーっ、と叫ぶ。刑務官が慌てる。

りえこーっ、あかねーっ、ごっつぅ愛してるぜーっ

能天気な大声が澄んだ青空に吸い込まれていく。ピリリッ、と笛が鳴り、数人の刑務官が血相を変えて駆けつける。慌てろ、公務員諸君。

六億円強奪事件主犯、小嶋秀之はそっくり返り、澄んだ初夏の青空に向かって笑った。

了

永瀬隼介―1960年、鹿児島県に生まれる。國學院大学卒業。週刊誌記者を経て、1991年に、フリーランスのノンフィクション・ライターとなる。2000年、『サイレント・ボーダー』(文藝春秋)で作家デビュー。以降、警察小説、サスペンスとノンフィクションそれぞれで活動。著書に『19歳　一家四人惨殺犯の告白』『閃光』『刑事の骨』『彷徨う刑事』『カミカゼ』『三日間の相棒』『狙撃』『12月の向日葵』『悔いてのち』『総理に告ぐ』などがある。

講談社+α文庫 蟲り合い(むしりあい)
――六億円強奪事件
永瀬隼介(ながせしゅんすけ)

2016年11月17日第1刷発行

発行者――鈴木 哲
発行所――株式会社 講談社
東京都文京区音羽2-12-21 〒112-8001
電話 編集(03)5395-3522
販売(03)5395-4415
業務(03)5395-3615
デザイン――鈴木成一デザイン室
カバー印刷――凸版印刷株式会社
印刷――慶昌堂印刷株式会社
製本――株式会社国宝社

落丁本・乱丁本は購入書店名を明記のうえ、小社業務あてにお送りください。
送料は小社負担にてお取り替えします。
なお、この本の内容についてのお問い合わせは
第一事業局企画部「+α文庫」あてにお願いいたします。
Printed in Japan ISBN978-4-06-220028-8
定価はカバーに表示してあります。